天狗文庫

战国城砦群

SENGOKU JOSAIGUN

[日]井上靖 著
张梅 译

重庆出版集团
重庆出版社

SENGOKU JOSAIGUN
by INOUE Yasushi
Copyright © 1977 by The Heirs of INOUE Yasushi
All rights reserved.
Originally published in Japan.
Chinese (in simplified character only) translation rights arranged with
The Heirs of INOUE Yasushi, Japan
through THE SAKAI AGENCY and Beijing Kareka Consultation Center, Beijing.
Simplified Chinese translation copyright ©2020 by Chongqing Publishing House Co., Ltd.
All rights reserved.

版贸核渝字（2018）第179号

图书在版编目（CIP）数据

战国城砦群 /（日）井上靖著；张梅译 . —重庆：重庆出版社，2020.1
ISBN 978-7-229-14524-8

Ⅰ . ①战… Ⅱ . ①井… ②张… Ⅲ . ①长篇小说－日本－现代 Ⅳ . ① I313.45

中国版本图书馆 CIP 数据核字（2019）第 225975 号

战国城砦群

ZHANGUO CHENGZHAI QUN

[日] 井上靖 著 张梅 译
责任编辑：魏雯 许宁
装帧设计：谢颖设计工作室
责任校对：杨婧

重庆出版集团 出版
重庆出版社

重庆市南岸区南滨路162号1幢 邮政编码：400061 http://www.cqph.com
重庆出版社艺术设计有限公司 制版
成都国图广告印务有限公司 印刷
重庆出版集团图书发行有限公司 发行
E-mail:fxchu@cqph.com 邮购电话：023-61520646
全国新华书店经销

开本：890mm×1230mm 1/32 印张：10 字数：170千
2020年1月第1版 2020年1月第1次印刷
ISBN: 978-7-229-14524-8
定价：69.80元

如有印装问题，请向本集团图书发行有限公司调换：023-61520678

版权所有 侵权必究

目录 / Contents

001	逃亡武士
029	旷野
055	早春
088	阳光与浪花
125	甲斐、信浓
142	雷雨
162	火
193	出征
217	重逢
229	朝霞
249	战败
261	居合拔刀
267	夏日骄阳
296	译后记
301	附录　井上靖年谱

逃亡武士

十来个武士排成一列，走在山脊。每人前后保持三尺间距，一声不吭。

这是一条从信浓去往甲斐的近道。

春日苦短，夕阳西斜，把十几人的身影拉得长长的，映在东边斜坡上。

走在最前面的武士忽地停住脚步，席地而坐，跟在后面的十多人也便呼啦在路旁坐下。

显而易见，这是一群残兵败将，个个披头散发，丢盔弃甲。其中三人扛着长枪，却无一例外地失了枪尖。

"大年初一，我望着空中云彩的时候，就早有预感：今年会是个不吉利的年头。大清早的云层里，居然有那种鳞状的青黑色的东西。"一行中最年长、满脸络腮胡子的中年武士说。

其他人似乎置若罔闻，连看也不看他一眼。

"我敢说，天正十年还会发生不少晦气的事儿。运气不好的人啊，恐怕连小命都难保喽。"

突然，络腮胡子武士好像想到了什么滑稽的事，双手撑在身后，笑得前仰后合。

"老兄，什么事情这么好笑啊？"他旁边是一名长脸武士，三十岁左右，慵懒地俯卧在地上。那人抬头望向络腮胡子武士的方向。

"什么好笑？你们不觉得很可笑吗？法性院（信玄）大人的时候，莫要说甲斐和信浓，就算北到越后，南到三河、远江，也全是他的地盘啊。这短短十年间领地不断萎缩，最终只剩下孤零零一座城池。这难道还不滑稽吗？"

络腮胡子武士越说越激动，霍地立起身来，喝道："你们这些家伙，知道接下来要去哪里，要干什么吗？"

无人回应。

"一群酒囊饭袋！城池灭亡了，一个个如丧家之犬，连点精气神都没了！知道吗？我们心急火燎地赶路，是为武田家殉死！要是错过城池沦陷的最后关头就麻烦了！还不快跟上！"络腮胡子武士说。

"谁说武田家注定灭亡啊？"远处一个武士说。

"你真是幼稚！有这种想法的人趁早滚开，滚得越远越好！跟我一起去的话，唯有死路一条。会丧命的，知道吗？"络腮胡子吼道。

这群逃亡武士依然排成一列，沿着山脊走在甲斐与信浓交界的山区。夜幕已然垂下。

不知不觉间，络腮胡子俨然成为这群武士的统帅。"休息！"他一声令下，大家就立刻坐下。"喂，走啦。"大家就都起身行进。

月亮不见踪影，不过春夜依然有微亮，依稀映照着四周。

每当络腮胡子在谷底或山坡上瞧见有农民家亮着灯，便会点出三个人，吩咐道："你们三个先去填饱肚子。回来的时候记得带个饭团！"

如果有人要跟那三个人一起去的话，他会说："你们是下一拨。下次要是发现农民家亮着灯，就让你们先去。在此之前请先忍耐一下！"

络腮胡子武士的处理方式颇为得当。即使这么多人去同一户农家，农家也不可能一下子提供足够那么多人吃的粮食。

在那三人返回之前，其他人只能坐在地上等待。

三人回来后，大家又一起上路了。只有络腮胡子大口大口咀嚼着他们带回来的食物，沉闷地走在队伍最前面。

这样的事情反复了几次。

大家走累了，就在山白竹林过夜。这时已是半夜三更，刚才笼罩四周的微亮消失了，漆黑一片。十多人的鼾声此起彼伏，响在夜幕笼罩下的山白竹林。

第二日清早，人数竟然少了一半。

"逃跑的全是那些吃饱喝足的家伙！"络腮胡子武士愤慨不已。确实剩下的都是一整天粒米未进的武士。

这些人虽说都是败走的武士，但并不是来自同一城池。他们是从被织田军以破竹之势逐一击破的信州各地的武田城砦中逃离，陆陆续续聚在一起的。他们并没有清晰的目的地，只是抱着"到了甲斐后也许会有出路"这样试试看的心情，逃往甲斐国。

当然，武田氏的衰亡之运，大家都心知肚明。所谓去甲斐，可能正如络腮胡子所说，无异于送死。

第三日清晨，络腮胡子在釜无川上游的河床上醒来。他甫一睁眼，腾地坐了起来。

昨夜在这睡下时，尚有七名武士簇拥着他，并不冷清；可如今，空空荡荡地一个人都没了！

咦，这帮家伙都跑了吗?！

络腮胡子眼睛瞪得铜铃大，咒骂道："一群胆小鬼！"

忽然有声音传来。他竖起耳朵凝神静听，一阵鼾声夹杂在湍流的声音中，若隐若现。

当他起身环视四周，只见五六块大石头散落河岸，一名年轻武士卧在石头缝隙间，正酣然入睡。

居然还有一个人！

络腮胡子目不转睛地遥望着他的睡姿，慢慢走近。

"嘿，起来！"他吼道。

"不！"年轻武士轻轻抬了一下头又阖上双眼，"我想再睡会儿。"

"说什么蠢话！今天我们必须进入新府城。走！"

年轻武士无奈地打了几个哈欠，从河床上爬起来，挪到河边洗脸。

看他二十七八岁，身材颀长又很魁梧，甚是引人注目。其实，络腮胡子早已与这名年轻武士处了三天了，却从没理过他。

年轻武士脸上的泥垢冲掉了，五官分明，宛如雕刻，出人意料地俊朗。一看便知他经历过不少战斗，额头和脸颊都有刀痕，右手手背上也竖着划了一道长长的口子。

额头是旧伤，脸颊上显然是新伤。

"就剩你一个人了，要逃命的话抓紧滚！"络腮胡子死死盯着他的眼睛。

年轻武士没理会，反问："有吃的吗？"

"哪可能有？我们再往前走看有没有村落。"

"好吧，没办法，那咱们往那边走吧。"

二人踩着泥泞的河床前行。

"年纪轻轻，让你去送死，可惜咯！"络腮胡子说。

"我才不是送死呢。我讨厌死亡。"

"讨厌死亡？"

络腮胡子骤然停住，眼睛一眨不眨地瞅着年轻武士英俊的脸庞。

"即便你厌恶死亡，去了新府城也得死。武田的军队与织田信忠的大军对峙，根本撑不了三天。"

"我知道！"年轻武士说。

"什么？那你压根儿不是去新府城！你肯定是一到甲斐，就逃得没影了吧？难道你老家是甲斐？"

"我老家是伊那。我是从饭田城流落到这儿的。要是想逃的话，早在伊那就逃了，何苦跑到这种鬼地方来？"

"哦，你确实去新府城？"

"对，无论如何都要去！"

"到了新府城，可就一命呜呼了。你要是以为能侥幸打胜仗，可就愚蠢透顶了。"

"既然如此，那您还去找死？"

"当然！"

"为了赴死而日夜兼程？"

"武田殁时就是我殒命之际。这才是武士之道!"

"武士之道?"年轻武士一脸认真地思考一会儿,"我从前也有过你这样的想法。不过现在改变主意了。"

"那你去新府城干啥?"

"此事不方便与你说。"年轻武士的出言不逊激怒了络腮胡子。

"不方便说?连去新府城的原因都不告诉我的话,休想跟我同路!"

"何必大动肝火嘛。反正就算抵达新府城,您也顶多活三天不是?"

二人默默行路,从河床踏上山崖小道,来到盘旋在丘陵中腹的蜿蜒山路,道路靠山的一边是葱茏青翠的杉树林。

行至此处,络腮胡子武士蓦然立住:"再问你一遍:你到底是否要为武田殉死?"

"不!"

"你若是像其他人那样偷偷摸摸逃跑也便罢了,竟说出如此大逆不道的话,还理直气壮的,我岂能饶你!让你尝尝我藤堂兵太太刀的厉害!"

他后退两步,手按刀柄,窥视着年轻武士。

"你本是战斗的好年纪,却贪生怕死。正因为有你这等人,武田军队才会一败涂地!"

年轻武士把视线投向络腮胡子武士，接着也后退了两三步。春日上午和煦的阳光穿透树梢，洒落下来，在地上映成点点金色光斑。

自称是藤堂兵太的络腮胡子武士，背靠一棵杉树。"来吧！"话音未落，刀已出鞘。他注视着年轻武士，喊道："杀你之前，我已自报家门。你也报上名来！"

"我才不屑于杀一个三四天后就死的人呢。不报！"年轻武士说。

"别磨蹭，快报上名来！"

"我的名字不值得跟你说！"

"臭小子！"

平素看起来不太敏捷的兵太身形仅是微微一晃，他的刀便疾如雷电般横扫过来。

年轻武士往后跳了将近三尺，也拔刀出鞘。

"我本不愿伤及无辜，那就别怪我不客气了！"年轻武士说。

他双手举起刀，慢慢地一点点地往兵太的方向逼去。

"小子有种！"兵太说完后退了一步。

年轻武士还是保持原来姿势，一点点逼近。

完全不知恐惧为何物的家伙！

完全不知后退的家伙！

兵太这样想。

这种刀术一看就是在不是鱼死就是网破的纯粹实战中锻炼出来的。他一旦拔刀，就早已把身家性命完全置之度外。

杀！杀！杀！年轻武士的眼睛里和刀尖上，充斥着一股不砍翻对方誓不罢休的腾腾杀气。

突然，兵太对于自己鲁莽拔刀一事感到些许后悔。虽然最终谁会胜出尚未可知，但无论如何，双方都无法毫发无损轻易取胜。

然而，兵太这个心思瞬间就抛到九霄云外去了。

一场你死我活的搏斗，就在一边是悬崖峭壁，另一边是杉树林的陡峭山路上展开。

兵太追赶着，试图一刀砍中年轻武士。须臾间，他竟反过来被年轻武士逼到了山坡上面。

"呀！"

"嘿！"

一会儿，兵太在山坡上面，年轻武士在山坡下面，互相对峙着。

除了两人不时发出的吼叫声之外，一切都淹没在釜无川的滔滔激流中。

酣战之际，兵太不由得惊愕失色。

因为不知从何处传来了法螺号①的声音。年轻武士也大吃一惊,依旧保持着架势,借势陡峭的斜坡,往后哧溜了半间的距离。

兵太趁此空当,视线穿过杉树林,望向山麓的方向。

在釜无川的河床上,几十人、抑或几百人的绵延的武士队伍,正顺着水流往下游行进。十几名武士从队伍中分出来,弓着腰向这边山坡攀爬。

大事不妙!兵太想。

队伍井然有序,且都背着枪,怎么看都不像武田的部队。

"小心,是织田的部队!快逃!"兵太不假思索地冲正与自己厮杀的对手吼道。

年轻武士登时愣住,半信半疑地问:"织田?当真?"

此时,枪声大作。

兵太慌忙伏地,只听枪弹从身旁呼啸而过。硝烟的味道飘忽了过来,由此可见是在附近被狙击的。

兵太偷偷抬起头,却看到年轻武士正浑然不顾地在前方山坡的密林间往上攀爬。十多名武士紧随其后,沿着同一山坡攀登。

兵太也开始拼命地往上爬。等他爬到山脊上时,第二阵

---

①吹法螺号是进攻敌人或撤退的暗号。

枪声响了。

兵太心生迟疑：该往山脊左边跑，还是右边呢？最终他下意识地往右边跑去。

可是，他还没跑出多远就停住了。正前方，只见那位年轻武士正与十多个人展开生死肉搏。

年轻武士转瞬就砍死一人。被砍翻在地的武士身旁还横着两个伤者。一个伏地而行，另一个仰卧地上，唯有左手摇曳空中。

此人非等闲之辈！

兵太脑海中闪过这样的念头。他突然发现年轻武士的一只脚挪动起来笨拙异常。

难道他负伤了？

兵太往相反方向疾奔，但是转念一想，又掉过头来加入战斗，去救片刻前还是仇敌的年轻武士。

于是，兵太和年轻武士背靠背紧贴在一起，各自对付面前的几个敌人。

"你脚受伤了？"

"刚才从悬崖上跌落，脚扭伤了。"年轻武士的声音从背后传来。

"我们同仇敌忾对付织田。我来掩护，你快撤！"兵太朝身后的年轻武士大吼，接着又往前追杀着敌人，"真是难缠的家伙！"

"那我往哪里逃？"年轻武士问。

"顺着山脊往高处跑，那就是新府城的方向。"

"好！"年轻武士语调里并没有太多感激涕零的味道。

"织田军到了这里，说明高远城已沦陷。已是穷途末路。"兵太感慨良深地说。

"在下叫酒部隼人。下次见面再致谢。我走了！"

年轻武士话音未落，已狂奔而去。尽管他右脚很不灵便地拖地，但是仍然疾步如飞。他的大刀虎虎生风，杀出一条血路，中途回头砍死一人，随后他沿着山脊逃之夭夭了。

三位织田的武士仍然穷追不舍。年轻武士和追击者们的身影渐渐消失在了山脊郁郁葱葱的杂树丛中。

兵太被十多个敌人围攻，退到了另一侧的山坡。因为他害怕枪弹。

一个自负的家伙胡乱一刀砍将过来，兵太自肩头一个斜劈，结果了他的性命。可是，兵太自己也因重心不稳，跌落山坡，并顺势翻滚下去。

他把握刀的那只手臂举在头顶，身子骨碌碌地往下滚，停不下来。

紧接着，两发枪声响起。

兵太滚入浓密的小松树后，立刻撑起上半身，在坡面上匍匐前进。他听到头顶上传来武士的声音，便在地上趴了一会儿，又开始在山坡的灌木丛间以腹贴地前行。

说不清过了多久，兵太来到小溪潺潺的悬崖边。追击者已经销声匿迹了。

稍事休息，兵太脑海里浮现出刚才年轻武士报的名字——酒部隼人。

"这个名字似有耳闻。"他在心中呢喃。

确实曾在哪儿听过，但无论如何也想不起来。

酒部隼人、酒部隼人！

兵太开始前进。在新府城被敌人攻陷之前，他必须进城。

傍晚时分，藤堂兵太翻过横亘在甲斐与信浓之间的大山，来到丘陵连绵的宽阔平原一角。

举目远眺，他看到武田军的最后据点——新府城所在的台地与其他几个台地并列，像是置身于平原之海的岛屿。春日暮色悄然垂下，笼罩着平原以及镶嵌其中的台地。

兵太伫立那里，久久俯瞰着薄暮的原野。

非常安静。在这种寂静中，似乎什么事情都不会发生。

兵太贪婪地欣赏着自己出生、成长并为之战斗过的甲斐国的美景。

他得知木曾义昌背叛武田，暗通织田，与织田讨伐甲州的军队里应外合，是在一月初。此后不到三个月的时间里，武田军为了阻挡如狂涛巨浪一般从伊那口涌入的织田军，纷纷奋起抵抗，但是却有如螳臂当车，不堪一击。

一国灭亡的时候，竟是这般情形吗？武士们斗志全无，溃不成军，武田方的城池以迅雷不及掩耳之势被一一攻陷。

藤堂兵太与数百名武士一起，被派遣到信州防卫中最关键的伊那口要塞，支援镇守那里的下条信氏。可是，由于己方出了内奸，将敌人引入城内，因此他所在的城池被迅速攻陷。

兵败如山倒。自那以后，兵太多次退却到其他城池作战，可是武田军在织田大军面前，完全没有招架之力。一起被派遣到伊那口的武士们也都四散逃窜。

虽然兵太有过多次死亡的机会，但他没有选择死亡。他想回到新府，在主君胜赖身边结束性命。

兵太在村子里找到一处深宅大院的人家，大摇大摆地走进去。他想借一匹马。

"我有事想拜托您。"兵太站在宽敞的土间里说。

"是哪位啊？"出来的是一位六十岁上下的老人。这幢围有高高栅栏的房子气派非凡，出来的老人也不怒自威，气宇轩昂。

"你有什么事？"老人望着兵太说。很显然对兵太没有好感。

"我今晚无论如何都要到新府城去。您能借给我一匹马吗？在这关乎甲斐国生死存亡的危急时刻，请您慷慨相助。"兵太说。他想这样财大气粗的宅院不可能没有一两匹好马。

"虽然难得你来一趟，但是我不能借给你。"主人干脆地说。直截了当地拒绝刺激了兵太。

"你是说没有马吗？"他不禁面有愠色。

"有马，不过没有借给你的马。"对方非常沉着。

"什么？"兵太脸色一变，"难道您忘记法性院大人的大恩了吗？现在不是甲斐国灭亡的千钧一发的关头吗？"

"法性院大人确实给了我们百姓很大的恩惠。但是，法性院大人过世后，就一直生灵涂炭。老百姓种的粮食被抢走，生的孩子被征去当足轻。你不信就随便找个老百姓问问。现在哪一个人不打心眼里盼着武田灭亡呢？"

兵太睥睨对方，伫立那里。

老头儿说得对。在连年的战争中，甲斐百姓们无辜遭殃。虽然他知道这是事实，但是他还是要尽力说服对方。

"无论如何都不能借我吗？"

"你要骑马去哪里？"

"我想在城池攻陷之前进入新府城。"

"进去做什么？"

"我要和主君一起赴死。"

老人恍然大悟般注视着兵太说："原来如此，没办法，那我借给你吧。"

老人的表情没有变，但语气有所改变。

"我们老百姓至今都很怨恨武田家。但是，如果你想去殉死，我不妨成全你。"

老人击掌唤来庭院里的男仆，让他从后面牵过一匹马来。这是一匹骏马。

"真是一匹好马啊。"

"借给你可惜了，不过我还是借给你。你千万不可杀它，用完后一定还给我。我骑它去过几次新府城。你只要悄不作声地松开缰绳，它就会自己跑回我这儿来。切记，切记！"

"您借给我马，还未请教尊姓大名。"

"我叫神户伊织。"老人说。

"知道了。那就恕我冒昧借您的马啦。"

兵太把马从院子里牵了出来。新府方向的天空晚霞鲜艳，宛如被火烧得通红一样。

藤堂兵太扬鞭绝尘而去。

道路连接着平原中的一个个小村落，蜿蜒曲折伸向东方。兵太无论在哪个村落，都没有看到武田军的身影，也没有被盘查。这使马背上的他心里更加不安。

兵太抵达与新府城所在的丘陵咫尺相望的地方时，已是半夜时分。

胜赖及其妻室从古府中搬到这座新府城是在去年十二月二十四日。距今尚不到三个月。

刚迁到这里时，大家根本没有想到会遭遇今天的厄运。当时大家甚至都认为，有了这座新府城作为据点，虽然不能说彻底一扫武田这两三年的霉运，但至少可以慢慢扭转颓势。当时队伍浩浩荡荡，兵太也身在其中。

兵太策马踏过釜无川的浅滩，绕过山脚，来到新府城下。虽说是城下，但远还没有具备城下町的规模。目前只是在农田里盖了几十套武士宿舍而已。

兵太穿过城下的大马路后，开始攀登城池所在的丘陵。在丘陵的上坡入口第一次遭到哨所的武士盘问。

"你是谁？"

"藤堂兵太。"

"好，通过。"

不过，兵太勒住马，翻身下来，问道："部队在哪里？"

"守在山上。"

守在山上的话，数量可想而知。

"有多少人？"

"不知道。现在还剩一千多人吧,今天早上还有两千人呢。"

"为什么两千变成了一千?"

"逃了。"

"逃亡?"

"谁不惜命如金啊。"

"你们也要逃?"

"我们不逃啦,要逃的话早就逃啦。"

此话不假,他们看起来也不像逃亡的模样。但是,他们的措辞并没有对上司的尊敬。

"要是有逃跑的家伙,就地处斩!"兵太说。

"又不光一两个人。"哨所武士说。

兵太从哨所前经过,策马驰骋在丘陵斜坡的逶迤山路上。道路两旁的树枝不时会划到他的脸。

山上到处燃着篝火。道路越是接近山顶,就从苍翠树木间透过更多亮光,不知从哪里传来马的嘶鸣声和人的话语声。

兵太骑马来到山上,简直不敢相信自己的眼睛。山顶的火原以为是篝火,结果根本不是!从城楼天守阁蹿出的红莲花般的熊熊烈焰照亮了夜空。

山上广场挤满了武士,但他们只是东奔西跑,任由大火焚城。

兵太跨下马鞍,问那里的一个武士:"这怎么啦?"

"没怎么。这不明摆的事吗?城被烧了。"五十岁左右的武士说。他的脸因绝望而扭曲丑陋。

"主君呢?"

"半小时前逃跑了。"

"逃跑了?"

"是啊。这里的武士们都是打算在马前殉死,从各地千里迢迢赶来的。你也是这样?"

"是的。"

"不过,即使你们都想殉死,四郎胜赖大人等一干人马都已不在。只有杂兵们还留在这里。"

"典厩信丰大人呢?"

"撤回小诸了。"

"小山田信茂大人呢?"

"据传昨日已离开这里。"

"火是谁点的?"

"胜赖大人交代说,他离开半小时后就放火烧城。"

"阁下今后怎么办?"兵太问道。

"我要亲眼目睹最后一根柱子烧落,然后再另寻出路。"

"不过——"兵太还想继续说。

那个武士嚷道："嗨，你看！那是什么？"

兵太也朝他指的城楼方向望去。城内广场的一角变得喧嚣吵闹。一名武士正与几个对手斗得难解难分。

"同室操戈吗？一国灭亡之际，竟然会变成这样子？"

兵太从打斗的地方收回目光，马上又转向城楼天守阁的方向。天守阁的火焰更加强劲有力，漫天飞舞。

这时，周围散落的武士们分成两帮。其中那个拔刀的武士正朝自己这边节节败退。

"哎呀"，兵太心里咯噔一下，那持刀的架势，那拖着腿行动不便的身姿，实实在在很眼熟。肯定是那位自称酒部隼人的武士。更令人惊讶的是，他身子右侧紧紧护着一名年轻女子。女子紧贴着隼人一步步往后退。

"谁能借我一匹马？马……"隼人一面挥刀招架着几个对手，一面声嘶力竭地向四周恳求。

兵太完全不明白因何事起了争执。

隼人的对手们异口同声地嚷着："杀死他，杀死那家伙！"他们只是嘴上叫嚣，不敢上前砍杀，可能是因为他们刚刚领教过隼人的本领。

兵太心想，不管是何原因，城楼马上坍塌，这儿却一片狼藉，简直有失体统。

"喂！"兵太将身体猛地撞上倒退过来的隼人，大喝一声。其音量大得惊人。

年轻武士转身看了兵太一眼："喔。"火焰照亮隼人的侧颜，"拜托帮我找匹马来。"

"我费力帮你，已经仁至义尽了！"兵太说。他真的不想再助他一臂之力了。

"求你了。若是你能救我于危急之中，我定当好好报答你。"

其实兵太并不想让这名年轻武士帮忙做什么。

"你知道胜赖大人逃亡的去处吗？"

"我知道。"

"好，我把马借给你。"兵太说。

"感激不尽，快让这位侍女骑上。"话音未落，隼人突然向对方转成凌厉攻势。这时，天守一角崩塌，火苗四处飞散。

女子离开隼人身边，奔向兵太，于是兵太把手里的缰绳递给那个女子。

"谢谢您。"女子颔首致谢。

那是一个脸色白皙、目光清澈、年方二十的女子。兵太一时无法判断她是武家的女儿还是城里的侍女。

"会骑马吗？"兵太问。

女子回答："会。"但她仍犹豫不决，没有上马。

"快点上马!"

"是!"

兵太半推半搡地把女子放到马背上。女子在马背上道:"那我就恭敬不如从命了。"她立刻拨转马首,斜穿过武士众多的广场,飞奔而去。

兵太看出这个女子略懂骑术,但还是禁不住替她捏把汗。在火焰的映照下,马和女子很快无影无踪了。

女子的身影消失之后,兵太醒悟过来:完了,我不应该借给她马,我答应过马主人把马交还回去呢。但是世界上哪有后悔药吃。

这时,远处传来了呼喊声。聚集在广场上的武士们像得了暗号一般,齐刷刷朝北部山坡跑去。

兵太抓住一名奔跑的武士的衣襟,问道:"怎么了?"

"好像敌人来了,敌人!"武士情不自禁地叫着,甩开兵太的手,跑了起来。

已经来啦?

兵太一时呆若木鸡,但再次听到远处的呼喊声时,便混在逃窜的武士们中间一起跑了起来。

呼喊声是从南方传来的,于是武士们不约而同地往北跑。没有统帅的武士集团现在已经不能称其为部队,只不过是虾兵蟹将的集合。

丘陵的北面山坡只有一条羊肠小道。成群的武士汇集到了这条路上。兵太也加入这股抱头鼠窜的士兵洪流中。跑在前面的武士们的身影不时被焚烧城堡的火光照亮。

"喂!"兵太一边跑,一边冲前方喊道。因为他一眼就认出了在他前面狂奔的隼人的身影。

酒部隼人回头看到藤堂兵太,大吼"跟我来",然后继续飞奔起来。

跑下山坡,大约跑出两百多米后,隼人离开了那群仓惶逃窜的武士们。兵太跟随隼人,也脱离了武士们的队伍。

两人又跑了五十多米,隼人停住脚步:"到了这里,就暂时安全了。"

"城堡还在燃烧呢。"兵太怅然若失。

整个城堡里火焰肆虐,夜空也烤得通红。

"敌军到哪儿了?"兵太问。

"不知道。我是看他们都跑起来,我才跑的。不过,既然已经听到呐喊声了,估计敌军快到城下了。"

隼人突然好像想起了什么:"你刚才放那个女子走了吧?"

"放跑了。托你的福,我连马都没有了。"

"不好意思啊,我会感恩戴德的。她能平安逃走就好了。"

"那个女子会骑马吧?"

"噢,有点悬。不过,应该勉强能骑吧。"

这时,兵太想起自己还没有拿到赠马的回报。"胜赖大人去了哪里?"

"不晓得。"隼人回答。

"不晓得?"兵太不由自主地追问。他若是不知道的话,当时可就另当别论了。原以为他知道主君胜赖逃亡的地方,才借给了他那匹宝贵的骏马。

"不知道?不知道可不行。"

"可我确实不知道呀。"

"你不是说知道吗?"

"我说过那种话吗?也许说过吧,毕竟当时十万火急嘛。你就饶了我吧。"

兵太虽然目瞪口呆,但也没有大动肝火,毕竟他已极为疲劳。

他们渡过釜无川,河水浸没膝盖。到对岸之后,又走了两百多米的山路,走进一间小屋。小屋里堆满了稻草。

"这个地方不错吧?我就是想来这里睡一觉。"

隼人干脆把自己放倒在稻草堆上。兵太也仰卧在他身旁。由于连日来的疲劳,兵太连话都懒得说,只惜字如金地问了一句:"刚才是釜无川吧?"

"是的。一来到这里我就放心了。后面是群山——药师、观音、地藏,只要潜入哪座山里就好。不用担心被追上。"隼人说。

正如隼人所说,药师、观音、地藏,所谓凤凰三山屹立,釜无川流淌在山麓。一旦进入这些山,就算百万大军也很难搜出一个人来。尤其是不习惯山地战的织田军,只能束手无策。

"先睡个好觉吧。有什么事明天早上睡醒后再说。"

兵太本来没打算活命,于是漫不经心地聆听着隼人的话语。自己的任务是打听出胜赖所逃亡之地,现在不管怎样心急如焚,也都无济于事。一切只能明天再做打算。

"那我睡了。"他刚一开口已听到隼人的鼾声。

兵太也被他的呼噜声所勾引,闭上眼睛,逐渐意识蒙眬起来,很快进入梦乡。

不知道过了多久,藤堂兵太听到军马的嘶鸣,睁开了眼睛。几乎与此同时,隼人也醒了。外面一片嘈杂,听起来远不止一两个人。

"怎么回事?"隼人起身说。

"不知道。是不是织田的军队啊?"兵太说。

"怎么可能?"说着,隼人从小屋木板的缝隙向外窥视,当他把脸朝向兵太的时候,说:"果然像是织田军队呢。数目还不少。正在下面那条路上休息呢。"

之后,他叹了口气:"真是个美丽的月夜。"

这时兵太也注意到了,不知不觉已是皓月当空,户外月光如银。光线从木板的缝隙射进来,小屋内部也可以模糊地看到彼此的身影。

"没办法。嘘!他们不会进这里面来吧?"隼人还没说完,正门就传来几个人的脚步声。

"好像是稻草棚。把稻草拉出来!"他们听到了这样的声音。

"有稻草可真好啊,这么冷的天谁受得了。"另一个声音说道。

外面的门咔嗒咔嗒作响。隼人回头向兵太使个眼色:"冲出去!"

看来他的意思是,这样下去也不是办法,干脆从这里跑出去吧。兵太也觉得危险,说:"好,我们出去!"

就在这时,外面的门被拉开了。月光泻进小屋里来。月光中兵太看到隼人身体蜷缩成一团冲了出去。

兵太没有马上跳出去,而是将身子藏在门口,一动不动。

"过来!"

"嚯!"

"嘿!"

吵吵嚷嚷的声浪中，隼人打斗时的叫喊声格外清晰地传入兵太耳朵里。

眨眼间，隼人的打斗声也远去了。

第二次听到武士们来到小屋门口的声音时，兵太觉得藏匿在小屋里太危险了，于是闯了出去。外面果然像隼人说的那样，亮如白昼。

兵太在山脚拼命地跑着。背后能听见一群人的脚步声。兵太原地站住，回首砍掉一个人，接着又跑了起来。

可是他跑了几十米后，心想：完了！路的前方竟然有二十多个敌人。右边是难以攀援的峭壁，左边则是万丈悬崖。

兵太心灰意冷地停住脚步，好，那就杀，杀，杀！杀个你死我活！

他下定决心之后，像被泼了一瓢冷水一样，心里突然变得清醒起来。

远处，釜无川的水流拥抱着宽阔的河岸，形成一个急转弯。河岸上有二十多个小小的人影正朝下流奔去。那一堆人的前方还奔跑着一个小小的人影，与后面拉开一定距离。似乎是隼人，兵太心想。

那家伙真是健步如飞啊，也许他能彻底甩脱敌人。兵太一边这么想着，一边迎击冲上前来的一个敌人。

兵太先向右跑，复又返回往左跑。道路的左右两侧都有枪尖迫近。

如果地方再宽敞一些我就能大展拳脚了！兵太懊恼不已。

"来吧！"兵太吼道。

"活捉他！"有人这样喊。与此同时，棍子石头一齐飞了过来。兵太在挥刀乱舞的过程中，感到好几个人的重量压到自己身上。

他被死死地按倒在地。

旷野

旷野月色如银。千里在马背上颠簸。

远处不时传来枪声。一听到枪声，马儿受到惊吓小跑起来，但没过多久就停止奔跑，悠闲地踱着步子。

千里骑着好心武士借给她的马，逃离了化身火海的新府城，却不知该往何处立命安身。

千里开始后悔听从酒部隼人的话，孑然一身逃离新府城。她想，我要是留下来与隼人同生共死就好了。

可是，当时隼人正与敌人斗得难解难分，她非常害怕拖累隼人，无暇思索就服从了他的安排。

远处又传来一阵枪声。如同听到号令一般，马儿又开始奔腾了。

千里竭尽全力不让自己从马背上跌落。她骑过几次马，但骑术算不上精湛。马儿好像对千里的骑马水平了如指掌，只飞驰一阵，便适当放缓脚步。

千里浑然不知离开新府城多远了，听凭骏马自由奔跑。

马儿却仿佛对目的地烂熟于心，一心一意朝着西方前进。

当马儿步入森林背面的小村庄时，千里与正往东方赶路的部队擦肩而过。毋庸置疑，这是织田的部队。大约有三百名武士在茫茫夜色中前进。

"你要去哪里？"一个武士盘问她。

"我要去诹访。"

"从哪里来的？"

"适逢女儿节，去了一趟乡下。"

"原来你是商人的女儿。"

"是的。"

"好吧，快走！"

千里由于是女子孤身一人，反而没有被怀疑。

继那支部队之后，她又陆续与几支部队擦肩而过。这些部队的武士们都手拿长矛或扛着枪，蔫头耷脑默默行走。他们走起路来都无精打采，更甭提开口聊天了。

他们大概是从东海地区转战各地，最终来到这里的。

经过两三个部落之后，又是一望无际的旷野。千里在旷野里前行了约摸半里地，忽然听到背后"嘚嘚"的马蹄声由远而近。

"女人，等等！"背后喊声传来。

千里倒吸一口冷气。

一位骑马武士忽地把马停在她身旁。背后应该还有好几骑，因为她听闻马蹄声纷杂而至。

"您有何贵干？"千里扬起脸来问道。

在月光的映照下，骑马与她并列的武士脸色略显苍白，剑眉星眸，嘴巴紧绷，相貌英俊。

"你从哪儿来的？"

"从胜沼来。"

"到哪里去？"

"我去诹访附近一个叫有贺的村落。"

"去干什么？"

"家住在那里。"

"既然如此，为何要去胜沼？"

"女儿节，去了一趟亲戚家。"

"你是武士的女儿？"

"我家经商。"

"经商？"

千里被肆无忌惮地打量，感觉快要窒息了。

"你根本不像商家的女儿！"武士冷静地说，又问道："你可知道武田胜赖逃往何处？"

"我身份卑微，怎么可能知道。"

冷不丁地，武士伸手掐住千里的下颌，蛮横地使她的脸转向自己。

"你干什么?!"

"你长得可真美。"武士旁若无人地说,"把你带走都觉得有点可惜了。"

最终,武士恋恋不舍地把手从千里的脸上拿开,对身后的武士喝道:"把这个女人给我带走!"他的语气中丝毫没有妥协的余地。

另有三个武士策马赶来,翻身下马。

"我不是坏人!"千里拼命喊叫。

"是不是坏人,调查之后再说!"刚才的那武士伸出手,把她打横抱起,便使她的身体离开了马背。武士一边把她搂在怀中,一边把她的脸掰向自己。

"你长得真美。"虽然嘴里说的话跟刚才一模一样,但是他的视线这次却始终锁定在千里的脸上。

不久,千里感觉身体滑落到地面。甫一落地,另外三位武士跑上前来。

"木村,你载她走!"年轻武士吩咐道。

"是!"一个名叫木村的六尺高的魁梧武士毕恭毕敬地回答。他毫不费力地将千里的身体横抱起来,轻盈地蹬鞍上马。

年轻武士骑着自己的坐骑,同时手执千里坐骑的缰绳,原路返回。突然他勒住缰绳。

"这是什么?"他小声嘟囔着。

原来他看到千里骑的马鞍上带着一块小木牌,于是想信手扯下木牌。不承想木牌绑得非常结实,难以扯掉。他便打了一声特别清脆的响舌,使出九牛二虎之力拽了下来。

年轻武士在皎洁月光的照射下,辨认着木片上的文字。字迹清晰可见:

"若神子村,神户伊织所有,橘子。"

意思大概是,这是一匹名叫"橘子"的马,属于住在若神子村的一个叫神户伊织的人。

年轻武士读罢,立即把木牌扔到路旁。但是,他纵马跑出四五米之后,又中途折返,翻身下马,找到那块丢弃的木牌,又一次仔细端详,最后把它收入囊中。

接下来,年轻武士紧握两匹马的缰绳奋力急驰。眼看就要追上前面的三骑的时候,他冲前方大吼:"等一下!"

于是,三人勒住马停在原地。

年轻武士追上他们,凝视着被名叫木村的魁梧武士横抱着的千里,怔了半晌。

他突然凑近她身旁,一边说"好漂亮的女人啊",一边像前两次那样,伸出左手,把女人苍白如纸的脸庞扭向自己。

"外表美丽,心灵却似夜叉!"良久,武士吐出这样一句话。

远处传来马的嘶鸣声。

武士顿时焦躁起来:"木村,你放她走。我们带走她半分用处也没有。"

"可她看起来像武家的女儿啊。"木村说道。

"有可能,但也不是什么了不起的人物。"

然后,他照例把她的脸庞掰向自己:"女人,我放你走!"

"女人,我放你走!"年轻武士又重复了一遍,在千里听起来有些虚无缥缈。

她被放到地上,紧接着被放抱到她自己的坐骑上。虽然她被那个不懂怜香惜玉的高个儿武士横抱的时间并不长,但她纤细的腰身和双臂都感到难以忍受的痛楚。

马儿开始往前走,千里勉强不让自己从马上滚落。被这帮乖戾的武士抓到后,她曾对自己的境遇做过各种设想,如今轻而易举重获自由,不禁松了一口气。

可是,刚走出五十多米,年轻武士又骑马回来了。

"女人!"他低声呢喃着,然后又像前几次一样,伸出左手霸道地把她的脸扭到自己这边。

千里心想:这次怕是在劫难逃了。

"外表美丽，心灵却似夜叉！"武士说。

千里怯生生地瞪着武士的脸。

"部队陆陆续续都要过来了，你自己保重！"武士撂下这句话，这回才真的拨转马头，绝尘而去。

前方传来马蹄声。千里驱马来到道路的里侧，在五十米左右的地方下马，藏身于草丛。骑兵队伍在大路上呼啸而过，后面的步兵队伍络绎不绝。她在草丛里猫了约摸四分之一个时辰，直到深夜的原野恢复了原本的寂静，她才再次骑上马。

衣服已被露水打湿，几乎能拧出水来。千里在马背上颠簸着，眼前浮现出织田部队的年轻骑马武士的面容。那是一张英姿勃发充满男子气概的脸，蛮不讲理地用手捏住她的下巴，把脸扭向他。

"外表美丽，心灵却似夜叉！"他为何说出这样的话呢？

那武士到底是柔情万种呢，还是蛮横无理呢？这一点令千里百思不得其解。无论他的语言也好，还是他的举止也好，都是这两方面的混合物。这与酒部隼人有着天壤之别！

想到这里，一股深深的寂寞向千里袭来。虽说隼人舍生忘死救出了被迫与胜赖一行逃难的自己，但是救了她之后就撒手不管了。把她弃之一旁，不闻不问。假如隼人能像那个织田武士那样从后面追上来，如痴如醉地望着自己，该有多好啊！

月光如水的原野上，千里信马由缰地一路朝西前进。拂晓，马儿穿过广阔的平原，走进若神子村落。

千里已完全不知身在何处，只是听凭马儿的脚步，整晚都在马背上摇晃。她打算寻个织田武士们鞭长莫及的角落，坦白身份，请求农民暂时收留。

虽然她的故乡是诹访，但她从未踏足诹访的土地，所以根本没抱什么希望能逃回故乡去。

马儿一回到村落，就高声嘶鸣了一声。

一个院子里跑出一个十来岁的男孩，俨然跟人打招呼一般："橘子，你去哪儿了？"

不过，马儿不理不睬，继续按部就班地在村落凹凸不平的道路上前进。

由于还是拂晓，村庄里大部分农家还一片静谧。

马儿来到村庄的偏僻地段，沿着山坡熟稔地爬上台阶。爬到坡顶后，又高声嘶鸣了一声。

眼前出现一栋被长长的土墙所遮掩的宅邸。

马沿着长长的土墙绕到正门，进入宅邸内部。那位两天前接待过藤堂兵太的老人，从正对门口的堂屋走出来。

"橘子，你回来了？"老人看也没看千里，只是满意地轻轻拍打马颈。

"哦，还带礼物回来了。"他轻描淡写地说。

千里从马背上滑落："您好。请问这匹马是贵府的吗？"

"没错。"老人这时才把脸转向千里，从头到脚仔细审视千里。

"请问你是从哪里来的？"

"我刚从新府城逃出来。"千里非常直率地回答道。

"哦。"老人说，"若被别人看到容易招来是非，你先进屋再说。"

"不会给您添麻烦吧？"

"哪有什么麻烦的，都是橘子带来的客人嘛。"老人嘶哑地笑了起来。那笑声让千里觉得他既敦厚可靠又豁达自信。

千里按照他的吩咐进入土间。来到土间后，主人招呼来一个男佣，让他打来洗漱用水，然后将千里招呼到一间对着庭院且比较靠里的房间。

"我叫千里，真是麻烦您了。"千里颔首行礼。

"看起来你已经很疲倦了。你就尽管留下来好好休息吧，不打紧的。当然，我一个鳏夫独自生活，没有老婆帮忙，可能照顾不周。"主人说。

"可是，我要是留下来的话，会给您添麻烦的。"

"你看起来像是侍奉武田大人的侍女。"主人说。

"您说的是。"

"那么搜查应该不会很严。而且，我在法性院时代，也受到他一些恩惠。即便是收留一两个侍女的话，也不会遭到报应（受到惩罚）的。"

"我叫神户伊织，神户家的宅子鲜有人踏进半步。你就安心休息吧。"说罢，主人转身出去，留下一个宽阔的背影。

不一会儿，刚才担水过来的五十来岁的男佣端来了饭菜。餐后，男佣说："我把你的床铺安排在旁边了。"

千里依他所言，进入卧室躺下。可能是精神松弛下来，累积的疲劳一下子爆发出来，她陷入沉睡中。

醒来的时候已是傍晚。春日暮色降临到树木繁茂的院子里。

千里走出卧室，坐在檐廊上。她一时精神恍惚，没有反应过来自己为何睡在这里。

从胜赖、胜赖的妻室、嫡子以及他的家臣们决定舍弃新府城逃亡开始，不过弹指一挥间，却发生了一连串事情。一切似乎变得遥不可及，但仔细想想，那些都不过是昨天的事。

坦白讲，几十个侍女谁都不愿意陪胜赖逃亡。她也是其中之一。可是，她们很难逃脱武士的监控。

她被编入第二批出发的队伍中。这对千里来说实乃一桩幸事，因为这才使得她在出发之前被酒部隼人成功搭救。

如果她一直在胜赖的妻室近旁侍奉的话另当别论，可她连跟胜赖搭话的机会都没有。如果只因武田一国灭亡而被迫舍弃生命，那实在太不近人情了。

隼人现在何处，在做什么呢？

她知道，哪怕再牵肠挂肚也无济于事，所以她劝说自己将这些暂且抛诸脑后。但是，藏身于这个宅邸，安逸的时间静静流淌，她心里仍然被隼人占得满满的。

昨天，第二批逃离新府城的人大都是女人孩子。她们不是被安排到安全的场所避难，而是为了追随先前已逃难的胜赖主仆们。当时部队已经失控，武士们如没头苍蝇般乱撞，反倒是柔弱的女人孩子直到最后一刻还被限制人身自由。

在二十名武士的带领下，六十多名女人孩子正准备离开新府城。在那千钧一发之际，隼人奇迹般地出现了，从赴死的队伍救出了千里。

隼人与领队的武士攀谈了两三句，然后大喊一声："千里小姐，快点走！"便拔刀出鞘了。

接下来的事情宛如梦境。"你没必要去送死，没必要去送死！"她的耳中只听到隼人的声音。

她紧紧贴在隼人身上。若不是隼人那样精疲力竭的话，她哪怕到最后关头也决不会撇下他独自一人离开。

然而，隼人脚跛了，勉强招架住几名武士的刀。自己在场的话，反而会束缚他的手脚。千里出于这种考虑，乖乖地跨上了别人借给隼人的马。

也不知隼人怎么样了？

"天黑了，您吃晚饭吗？"男佣探出头来。

"我睡了一整天，还不饿。实在太累了，我再睡会儿吧。"千里说道。

确实身体还乏得很。于是千里再次钻进被窝。虽然她已经从清晨酣睡到傍晚，但很快陷入新的梦境。

第二次醒来是半夜，复又睡着了，第三次醒来是次日凌晨。太阳已经高高挂起。

她睡得这么沉，连她自己都惊讶不已。

她从檐廊走下去，走到后门，来到井边洗脸。这时传来一阵马的嘶鸣声。

千里抬头一看，原来树上拴着一匹马，正是那匹将自己从重重火焰包围的新府城送到这儿来的马。她走近它，想起这里的主人和路旁的孩子都管它叫"橘子"，便喊了一声："橘子。"

橘子可能还记得千里，主动把脖颈伸向她。千里长时间温柔地抚摸着它颈部柔顺的鬃毛。多亏这匹马把自己从新府城送到若神子村。现在想来，自己居然既没有落马，也没有受伤，毫发无损地来到了这里，这简直是奇迹。

她其实不擅长骑马，只是小时候被亡父逼着骑过几次而已。父亲经常说，要在乱世生存下去，女人必须学会骑马。现在她深觉父亲有先见之明。多亏父亲逼她骑过几次，谁会想到这点经验会在十年后的今天派上用场。

千里一边轻轻拍着橘子的颈部，一边感慨父爱深沉。她三岁时母亲就撒手人寰，因此她压根没尝过母爱的滋味。

千里的父亲是诹访农民出身。诹访赖重一度是诹访的领主，天文十一年（1542）他被武田家灭掉后，武田的武将板垣信形便控制了诹访一带。千里的父亲归附板垣信形，成为了足轻。

那些年战乱频发，加之每年都有天灾地变，农民仅靠耕田的话，根本无法养活自己。于是，身强力壮的农民便争先恐后地舍弃田地，去当足轻。毕竟当了足轻的话，只要立下一次战功，就能成为一方旗头。

千里的父亲虽然当了足轻，但始终没有被命运之神眷顾。最初的主君板垣信形在天文十七年（1548）的盐田原之战中阵亡；第二位主君山本勘助在永禄四年（1561）的川中岛之战中战死；第三位主君是温井源八，父亲与这位主君一起，在元龟三年（1570）的三方原之战中战死沙场。

千里的父亲终其一生不过是籍籍无名的武士。他还没等到崭露头角，生命便譬如朝露转瞬即逝。

时光荏苒，岁月如梭，十年过去了。

父亲去世后，千里成为胜赖内室的侍女，在古府中的居馆生活。因为父亲出身卑微，她没有受到重用。加之她天生花容月貌，常遭同辈嫉妒，她也像父亲一样深感怀才不遇。

千里觉得，现在武田氏灭亡，父亲的一生及其死亡都失去了意义。

正当她沉浸在种种思绪之中的时候，这家主人从对面走过来问她："昨晚睡得好吗？"

"你老家在哪里？"神户伊织又问。这家的主人手臂粗壮有力，怎么看都不像农民。

千里盯着他手臂，答道："我老家是诹访，是诹访湖湖畔一个名叫有贺的村子，不过我不曾去过那里。"

"诹访？"伊织说，"我的家乡也是诹访。"

"哟，也是诹访？"

"虽说我如今住在这里，但小时候是在诹访长大的，也是在湖畔。"

伊织继续说，"我们是同乡，这可真是奇妙的缘分。那你今后有何打算吗？"

被伊织这么问起，她一阵错愕。

"我想回老家。"

"你老家有熟人吗？"

"没有熟人，不过应该会有一些远亲。"

"就算有亲戚，在这个时候，谁也顾不上你。他们自己能吃上饭就算不错了。"

千里对此心知肚明。但她想，说不定酒部隼人会去她家乡寻她。她曾同他讲，家乡是诹访湖畔的一个村子。现在这是连接她和隼人的唯一线索。

"我在这里休息两三天之后，还是先回诹访去吧！"

"两三天？那太危险了。"伊织说。

"如果非要去诹访的话，我一定要找人护送你。但是，目前还是很危险。现在新府城刚被攻陷，风声正紧。还是等风平浪静再说吧！"

"好。"

"你尽管在这里住下好了。我们全是男人，没法照顾你。不过，如果你能在厨房里帮点忙的话，对我们来说也是求之不得。"

然后，他拍着马首说："橘子，我以为你会带受伤的客人来，结果又带了位温柔的客人来。"说罢，他低声笑了起来。

这时，男佣进来禀报："正门有一位貌似织田武士的访客。"

"请你进屋里去吧。"

伊织这么一说，千里立即从檐廊走进屋子里。房子正门吵吵嚷嚷，有人在高声喧哗。千里心头掠过一阵不安，站在檐廊屏息倾听。

"你就是神户伊织吧？"这样的声音清楚地传来。

千里听不见房子主人的声音，只听见对方的声音。

"你家有一匹叫橘子的马，这个你承认吧？"

这时第一次听到这个家主人沙哑的声音："有马，但没有你说的女人。"

"你不必隐瞒。我绝对不会造次，只是想看她一眼而已。"

"我家全是男人，没有你说的女人。不信你去附近打听打听。"

"不，不可能没有。"

"真是莫名其妙，说没有就没有。"主人的声音听起来有些恼火。

"你才莫名其妙，我只要见她一面，又不会对她怎么样。"

"假设真有这个人的话，你见面后打算怎么办？"

"什么也不做，就是见一面。"

"荒唐！"

"你这当父亲的,一点都不通情达理。我说过只看一眼就会离开。武士绝不食言。让我见一见坐着橘子来这个家的女人吧。"

旋即,他一改咄咄逼人的口气,低声下气地说:"求求您,我是织田的家臣,叫大手荒之介,请您应允我的请求吧。我只要见到您女儿,就即刻打道回府。"

"我知道你来一趟不容易,可是我没有你说的那样的女儿。"伊织说。

"我已经说到这个地步了,你还不依的话,就别怪我不客气了。我自己进房子里搜!"他又恢复了原来的嚣张气焰:"你非要阻止我的话,受伤可别怪我。"

然后,一阵令人毛骨悚然的沉默持续了一会儿,突然听到伊织疾言厉色地斥道:"来吧!"

"兵刃相见?"

"的确。"

"这真有趣。"

这种寂静让人汗毛直竖。

千里穿上庭院木屐,跑到中庭的柴扉。她觉得,如果伊织因为自己而有任何闪失就太过意不去了。

千里打开柴扉,走到古老的栲树那儿,停下了脚步。在前院,那个自称大手荒之介的织田的武士,还有这家的主人伊织，相隔五米有余，互相对峙着。

荒之介拔出刀来，刀尖垂下，几乎擦到地面。另一边，伊织不知从哪里找出一支粗粗的尖枪，水平端着，睥睨对方，气质与先前大相径庭。

千里初次见到他，就直觉他绝非普通的豪农。如今看到伊织端着枪，仿佛看到了指挥过千军万马的老武士。

"来吧！"伊织喊了一声。

"嗷——"年轻武士口中发出一种独特的声音，宛如从腹底发出。

啊，是那个武士！

就在这时，千里突然意识到：正是这个武士，在她骑着橘子从新府来到这里的途中，以旁若无人的粗暴劫持了她、却又改变主意放她自由；正是这个武士说着"外表美丽，心灵却是夜叉！"这句神秘的话，把她的脸掰了过去。

他的飞扬跋扈，带着与之相反的情意绵绵，在千里的身体上打下烙印，带给她难以言表的复杂感觉。

"来吧！"

"嗷——"

两人交替呐喊，身体却一动也不动。就像长在地面上一样，两人都在各自地盘伫立。

年轻武士身体笔直站立，而老人则上半身使劲向前屈，唯独脸部朝向武士。

"请等一下!"

千里对两人喊出了最大音量,可是两位格斗家却连眉毛都不动一下。

"来吧!"

"嗾——"

年轻武士向右转了两步,老人也向右转了两三步。

"请等一下!"

千里奋不顾身地冲到两人中间。嗖的一下,枪就像箭一般射到千里的右边。刀也在千里左右闪了两三下,分不清谁在追逐谁。他们绕着一抱粗的老栲树兜着圈儿转,不久,又把那棵树当作中间点,以与刚才同样的距离站立。

等她回过神来,发现自己已被两名格斗者扔出去,倒在相隔很远的地上。

千里顿时心急如焚。她冲到伊织面前,用身体罩住他。

"危险,让开!"年轻的武士大叫道。

这时他突然意识到千里的出现。"啊!"他发出短促的叫声,转向伊织喝道:"快把枪收起来!"

"你让我收了枪,想干什么?"

"我不做无谓的杀戮,我这就走!"说着,荒之介卸下警戒的姿势,毫不犹豫地后退了几步。

对方退后四五米之后,伊织也直起了前屈的身子。然后,他把长枪朝地面一戳,怒吼:"快滚!"

年轻的武士——大手荒之介嘴里说着"我走,我走",却一动不动地怔在原地。

千里感觉年轻武士的目光如灼灼烈火,燃烧在自己身上。

"前天晚上……"千里吞下后面的话,轻轻低下头。

荒之介依旧站在原地不动。他终于将视线从千里身上挪开,慢慢收刀入鞘。

"多有打扰!"他对伊织告辞后径直转身。然后走出五六步后,再次停下脚步,转过头来,把炙热的目光投向千里。

"外表美丽,心灵却似夜叉。"他自嘲似的仰天长笑。

"大伯,我回去了。"荒之介就这样走过去了。这次不再停留,穿过前院,走上大路,不久便消失在篱笆的对面。

"那家伙是怎么回事?"

听到伊织的话,千里这时才回过神来。伊织额头上青筋突出,脸颊流着汗。

"对不起,全因我而起。"千里说。

"那家伙是怎么回事?"伊织重复着刚才的话,"你认识那个武士?"

他盯着千里。

"不能算是认识。只是到这里来的途中见过一次。"

"真是荒唐！不过，他倒是好本领！好久没出这么多汗了。"他自负地说完，发出嘶哑的笑声。

"您没受伤吧？"

"怎么会？"伊织说完就拎着枪，走进土间去了。

千里一整天都没有出房间。她呆坐在房间里，眼前不时浮现出那个自称"大手荒之介"的年轻武士的面孔。

回想起他那炽热的目光，她感觉其目光所及之处都要被灼伤，整个身体发烫。

他怎么找到这里来了呢？

傍晚，千里来到厨房，向男佣了解炊具的摆放位置，准备晚餐。男佣名叫六兵卫。他耳朵很背，不管被问起什么，几乎都默不作声。

伊织不知所向，千里和六兵卫两人坐在地板当中镶嵌着大火炉边的房间里用晚膳。

"您家主人是武士吗？"千里问。

不过，她根本搞不懂六兵卫是否在听，因为他嘴里只是嘟囔着"嗯喔！"这样不明所以的话。无论问多少次都是同样的结果，千里只好作罢。

千里收拾完，回到自己的房间。这时院子里的树木已经完全笼罩在茫茫夜色中。

房间里光线昏暗。千里一进入房间，就涌起一种不祥的预感：有人藏在房间里。当她关上檐廊的障子门时，"女人！"一个低沉的声音喊道。

她大惊失色，刚想喊出声，背后突然伸出一只大手，捂住她的嘴："我不会乱来，你不要出声。"

千里拼命挣扎，但上半身却被紧紧抱住，动弹不得。她情急之下双脚乱蹬，可是她的双脚却悬在半空中。

"不要出声！"他在她耳边小声嘀咕，"我不会乱来的。"

被捂住嘴的痛苦使千里像虾米一样地蜷曲着身体，意识渐渐模糊。

这样她不知过了多久。虽然短暂，却恍如隔世。

这时外面传来法螺声，时高时低，时远时近。

"我不会乱来，你不要出声。"她重新恢复意识后，耳边又听到刚才的话。

门外仿佛有部队在行进，嘈杂的脚步声，军马的嘶鸣声，还有清脆的法螺声，交织在一起。

千里这时才从声音判断出，抱住自己的武士恰恰就是白天刚与伊织交过手的大手荒之介。

"你……"千里开始说道。

"安静！"他说，"我不会逼你。"

"你来干什么？"

"来告别！"

"咦？"这样奇特的回答令千里很吃惊。

"部队要撤回安土，我也得回去，所以我来找你告别。"

武士把火热的脸颊向千里俯凑过来。千里的脸拼命左躲右闪，但是马上被武士用双手固定住。

男人长满胡须的脸颊慢慢贴在千里的脸颊上。下一秒，男人的嘴唇吻在她的额头、眼睛和嘴唇上。

千里虽然在反抗，却没有出声。

狂风骤雨般的热吻一结束，武士的手臂就撒开了千里的身体，好像当场弃绝了她。

荒之介站了起来。

"外表美丽，"一个令人胆战心惊的咒诅声响起，"心灵却似夜叉！"

这声音与这个年轻武士从前的声音迥然不同。武士就这样走向檐廊。

千里被一种自己也无法言说的冲动所驱使，几乎把身体撞到武士的身上，紧紧搂住他。

"心似夜叉！"

"不是夜叉。"千里不禁嚷道。

"那是什么？"

千里听到了轻蔑的笑声，又一次被武士粗壮的手臂蛮横地搂住。

"不是夜叉那是什么?"

千里的脸颊、额头和嘴唇上都感到了一阵热浪。之后,身体被左右摇晃了两三下,再次被甩到榻榻米上。

"你叫什么名字?"

"我叫千里。"

"千里?看起来简直跟多门一模一样。你怎么不叫多门,真是不可思议。"武士的声音虚无缥缈。

"请再说一遍你的名字。"

"大手荒之介。"然后他说,"多门,我们要分别了。"

"我不是多门。"

"这么漂亮的脸蛋不是多门又是什么?"

武士在黑暗中大踏步跨下檐廊,走到院子里,然后慢慢消失在盆栽丛里。

千里耳边忽然又传来好几波法螺声。

千里魂不守舍地坐在那里,不知道坐了多久。

院子里的树木已经完全被暮色吞没。

千里身体里的燥热还没有完全褪去。这是她出生后头一次体会到这种飘飘欲仙的陶醉感。男子的体味沉淀在黑暗中,鲜活地飘荡。

她并未感觉那人是无赖之徒。随着时间的流逝,当她回想起大手荒之介的所作所为，特别是他霸道地抱着自己的身躯，将满是扎人胡须的脸压过来的情景，竟从中体味出一种奇妙的温柔。

可是，千里突然想起了酒部隼人，就像是碰触到可怕的东西一样，内心泛起波澜，久久不能平静。

酒部隼人为了拯救自己，不眠不休地从前线返回新府城。隼人对她一往情深，她最清楚不过了。可自己为何还要对这个不过是偶遇的敌方武士神魂颠倒？

啊，隼人！千里想，我怎么能为隼人以外的人心荡神摇？

"你就这么在黑暗中待着吗？"障子门拉开，这家主人的声音传来。

"是啊，天已经完全黑了。"千里慌忙回答。

"你可以让六兵卫拿灯火来。"

"好。"

"白天还发生了那样的事，你可要当心喽。快把门锁上！"

"我明白了。"

他在房间的　　中隐约觉察出了异样。

"出什　　吗？"神户伊织问。

"　　没什么。"

"但愿如此。"他撂下这句话就转身离开。

不一会儿,六兵卫带着行灯走进屋里。千里立刻起身,走到檐廊上关门。

"别国的武士们涌进来了,现如今世道不太平!"六兵卫边说边来到千里刚关上的防雨门①边,顶上一根粗壮的圆木。

千里正准备回房间,走到房门口却愣住了。

因为她在距离行灯大约两三尺远的榻榻米上发现一个装打火器具的燧袋。千里特意避开六兵卫视线,迅速捡起来,把东西揣进怀里。

"你早点歇息吧!一直坐着也于事无补。"六兵卫说完就离开了。

千里从怀里拿出袋子。这一定是大手荒之介留下的。她久久地凝望着眼前这个小红皮袋子出神。

---

①防雨门日语原文为"雨户"。"雨户"有两重功能,一是防潮。纸糊的"障子"怕水,所以下雨时"障子"外面须拉上防雨的"雨户",一般用木板制成,水平滑动,平时可隐藏在墙里,不影响采光。二是防盗。由于日本住宅很开敞,纸门不安全,很多民宅都有晚上拉上"雨户"的习惯。

早春

藤堂兵太出生至今四十载,从未像眼下这般滋润地调养休息过。

虽然手脚被绑,有些狼狈,但只要能忍受这一点,待遇算是相当不错了。想睡就睡,有事的时候,只要吆喝一声"喂!"在门外监视的武士马上会把头探进来问有什么事。

只有在吃饭时,手才被松绑,只有去小解时,脚才可以自由活动。

他是在新府城楼被烧毁的那一晚,被织田方的泷川一益的部队逮捕的。不过,已经过了五天,他仍然被关在农民家的库房里。

既没有审讯,也没有要被处决的征兆。仅仅关在库房里而已。

究竟为何把我关在这种地方?

兵太脑海里有时会涌上这种疑惑,但他并不会执着于这个念头。因为他觉得自己终归是将死之人,所有事情都无关紧要了。既不想得救，也不想逃跑。

回想起来，沦为俘虏而不是被斩首，已成为他终生一大憾事。他除乖乖认命之外也别无他法。因为等他苏醒过来的时候，全身早被捆绑起来，动弹不得。

这里离新府城并不远。到门外小解时，可以远远地眺望新府城从前所在的丘陵。虽然不知道库房后面的地形，但是在库房里哗哗流水声不绝于耳。这声音听起来不像是潺潺小溪，而像是波澜壮阔的河流。说不定釜无川就在库房后面。

"喂!"

忽然，兵太听到一个粗犷的声音，便把脸转向门口。只见门口站着两三个武士。

"起来!"其中一人命令道。

"起来干什么?"兵太傲慢地问。

"出门!"

"出门?"兵太很诧异。

"出门干吗?"

"去河岸。"

"河岸?"

兵太想：好，去吧! 终于等到要被斩首的时刻了。被带往河岸，恐怕意味着自己要被处决。

"我这就起来，快解开我腿上的绳索!"

兵太面不改色。三个武士走进库房说着"站起来！"让他站起身，然后毫不怜惜地把他双脚的绳索扯开了。

"跟上来！"

兵太听从吩咐，跟在三位武士的身后出了门。对于他早已习惯黑暗的双眼来说，早春的阳光过于耀眼夺目。在主屋中，他发现几名武士正坐在正房地板间里，围成一圈喝酒。虽是农家，但这家主人早已逃得无影无踪。

从农家前面走向马路，泥泞的石板路往下延伸。兵太步履蹒跚地走了过去。阳光好刺眼啊！他走到马路上，沿着山崖一拐，豁然映入眼帘的是釜无川的水流和两旁宽广的河岸。激流咆哮奔腾，溅起白色的水花。

兵太在通往河岸的下坡路口站了一小会儿，朝远处的丘陵望去。那里曾有过城楼。不用说，现在连残垣断壁也消失殆尽。平坦的土地看起来像一个小岛。

城楼付之一炬，武田氏也穷途末路，可这辽阔的山野却从漫长的冬天里解放出来，抖落一身冬装，生机勃勃地迎接春天。主君胜赖和追随他的侍从们，却与这明媚春光绝缘。此时此刻，他们正仓惶逃窜于某处山野吗？

虽然胜赖东山再起并非绝对不可能，但是，事态发展到如此地步，只能说那不过是遥不可及、虚无缥缈的幻想罢了。即便如此，他还是想追随胜赖直到最后，从前线一路狂奔回来，可是最终也没能赶上他们的队伍。这是他作为武士最大的不幸。

"坐在这里！"

这里是指距离水边三米左右的河岸。河岸上遍布圆溜溜的鹅卵石。

兵太坐到那里，以为自己会在这里被斩首。他环顾四周，打量着这个自己可能要掉脑袋的地方，并没有特别的感慨。

他今年四十岁了，不曾娶妻生子，无牵无挂。一生辗转沙场，戎马倥偬，如今要在此画上句号了。他踏足这釜无川的激流中不下数十次。如今能在这熟悉的河岸结束生命，这或许是他的幸运。

他看到很多武士从河流上游赶过来，不止十人，也不止二十人。其中甚至还有骑马武士。兵太觉得这么多人来观刑实在有些大张旗鼓。

"怎么回事？"兵太问道。

"闭嘴！"武士一脚踢中兵太腰部。

刚开始，兵太以为赶来的武士不会超过二三十人，但事实上远远不止那个数目。队伍连绵不绝。

起初到来的数十人的部队，与水流平行，排成了四列纵队。接下来相同数量的两支部队，与水流呈直角分别布阵。

最终，一百二十名武士在河岸呈"コ"字队形排列，兵太坐在正中间。

"这到底是怎么回事？"兵太询问身旁的三名武士。

"闭嘴！"一名武士喝道。

他又说："接下来就让你验首级了。"

"谁的首级？"

"谁知道？正因为不知道，才让你来验定啊。"

"不……"兵太呻吟着。

他宁愿被砍头也不愿干这差事。检验武田部队中阵亡的武士们血淋淋的首级，光是想想就让人于心不忍。

"我讨厌这个差事！这些武士原来都是我们一帮的，现在由我去验他们的首级，我实在不落忍。请另请高明，放过我吧！"兵太的声音接近哀嚎。

他想，我应该是被验首级的那一方啊。我不过死得迟了一些，就被迫验自己人的首级，对武士而言，这绝对不是一件光彩的事情。

"我不要！杀了我吧！"兵太说。

"那可不行！俘虏中数你年龄最大，加之你在胜赖的大本营里待过，所以你才是最佳人选。"

听他们这么一说，兵太马上想起，被俘虏的第二天确实受过简单的审讯。那时，他坦承自己曾在胜赖的大本营待过。原来那才是祸之根源。当时他之所以这么说，是因为他觉得，就算同是杂兵，如果说成追随胜赖本营的武士的话，被痛痛快快斩首的概率更高。没想到反而给他招来这一怪异的角色。

"如果能做好这个差事，说不定我们能饶你不死。"

"你以为老子想苟且偷生吗？畜生！"

"你吹胡子瞪眼的干什么？你还是去跟那些脑袋大眼瞪小眼吧！"

不知不觉间，他们谈话的功夫，附近几米远的地方摆放了十多个马扎，武士们坐在上面。旁边摆着类似棺材的木箱，经杂兵们的手一个接一个地搬运至此。兵太闭上了眼睛。然后，仿佛过了很久，等他再次睁开眼睛，便看见面前摆着几个头颅。

这时，站在他近旁的六十来岁的白发武士问道："你对这个首级有没有印象？"

兵太将目光投向摆在自己面前的三个首级中最右边那个。嘴巴紧抿，眼睛安详地闭着。没有一丝痛苦的表情，一脸满足，神情平静。

"我不认识。"兵太说。

那个首级他的确没见过。但是，可以肯定的是，那人肯定不是杂兵，因为气质骨相毫不轻贱。

"下一个!"白发苍苍的武士叫道。

这次是一位少年,额头上迎面遭受重创。紧抿的嘴,带着一种战斗到底死而无憾的满足感,使那张已逝的面孔看起来一点也不丑陋。

真是相貌堂堂!兵太心想。我也早该这样死去……兵太闭上眼睛,为其祈祷冥福。

"你有印象吗?"

"没有。"

"仔细看!"

"不管怎么看,不认识的就是不认识。"

"仔细想一想。"

隔了好一会儿,白头发又叫道:"下一个!"

这次兵太没有把视线投向第三个头颅。

"你有印象吗?"

他虽然听到了这样的声音,但很快背后遭到殴打,感到剧烈的痛楚。与此同时,他扑倒在地。

他又被拖起来了。一个长柄杓伸到了他面前。

酒味扑鼻而来。

原来是酒啊!兵太把脸伸过去,呷了一口,喘了口气,然后伸了伸下颌,示意拿长柄杓的武士往自己嘴里多灌一些。

长柄杓里的酒几乎浇到了兵太脸上,顺着他的脸往下流淌。

"窝囊废!打起精神,专心验首级!"白头发说。

他以为兵太看到自己人的首级,而吓得快要不省人事了。喂他酒喝,好像是为了给他壮胆。

"下一个……"

兵太看到第三个首级的时候,不由得大惊失色。这张脸很眼熟,是一位与兵太年纪相仿的武士。到底是谁呢?兵太凝视着这位眉毛浓密的武士的首级。

"天哪!"巨大的喊叫声从兵太的口中发出。

"天哪!"兵太再次大叫起来,身体也跟着剧烈颤抖。

一定是立木平九郎的首级。兵太与平九郎已经多年没见过面了,不过数年前曾经一起并肩作战过。当时,在武田军隔着富士川与德川军对峙数月,其间兵太一直与立木平九郎在一起。他清楚地记得那是天正五年(1577)的事。而在其前一年,在往高天神城运粮食时,兵太也是与这位无所畏惧的杂兵一起行动。

真是一位不幸的武士啊!他忠肝义胆,终被主君高坂昌信赏识,可是不承想高坂昌信不久便在战场上病逝了。于是他转而投靠小山田信茂。他出身农民,可能安心做个农民比做武士要强。

"呀！"兵太由叫嚷转为嚎啕大哭。立木平九郎竟然也已经身首异处！

"你认识吗？"白头发说。

"认识。"

"是谁？"

"是立木平九郎。"

"立木平九郎？到底是何人？"

"井上平九郎你都不知道吗？以前在高坂昌信的部队中，他是赫赫有名的足轻部队的将军。高坂去世后，他追随小山田信茂，成为小山田队伍的股肱之臣，威震四方。在食武田俸禄的人当中，几乎无人不知井上平九郎的大名。"

兵太特地为这个不幸的杂兵申辩了一席，其实不过是信口开河。

"立木平九郎？哦，没听说过。"

"不可能。"

"好，把这个首级分开放。"

白发武士吩咐手下把立木平九郎的首级搬到右手边，起身走到对面记录员武士那里耳语一阵。然后，他回到兵太身边，大喊："下一个！"

"给我酒。"兵太镇定地说。

"什么？"

"给我酒。"

须臾,又有一个盛酒的长柄杓伸到兵太的嘴角。兵太喉咙里发出咕咚咕咚的声音,大口喝光了。他深吸一口气说:"再给我点酒。"

疲倦不堪的身体开始被酒意弥漫。

"下一个!"白发苍苍的武士喊着。

"啊!胜赖大人!"兵太说。

"什么?胜赖?"两三名武士跑过来。

"再说一遍,说清楚!"这次声音是从兵太背后传来的。

"武田家的御大将胜赖大人。"

一说完,兵太身体向前伏在地面上。他感觉睡意袭来,眼睑沉重,浑身舒畅。无论远处还是近处都能听见很多人的声音。兵太四周人声鼎沸,宛若群蜂乱舞。不久,兵太被揪住领子,强行拽起。

"喂!你再仔细看一下,肯定不是胜赖吧?这人年龄可比胜赖大了不少!"

"那我可不知道,在我看来就是武田胜赖大人的首级。"

说到这里,兵太又向前倒了下去。不管怎么样,他都瞌睡到不行。当然,他眼前的首级是完全的陌生人。说成胜赖,纯粹是信口胡诌。不过,如果这能够被当作胜赖主公的首级糊弄过去的话，岂不是一件绝妙好事！

但相比之下更重要的是，睡魔用狂暴的力量占据了他的身体。他已经意识模糊，双手抱着身边一块大小适中的石头，使劲蹬直了双腿。

"唔……"他口中发出轻微的呻吟声，然后就头重脚轻，一头扎进睡梦中。

兵太梦见自己赤身裸体，被迅猛的洪流冲走。身体撞到各处的岩石棱角，或是头上脚下，或是身体折成两截，或是匍匐在地，或是四脚朝天。有时掉进瀑布潭里，像旋转的风车一般被甩起来，被叩击。然后被激流弹起，复又吸入到水流之中。

兵太当时被殴打了，浑身没有一处不疼痛。他被很粗的圆木棒殴打，还被拖拽到河岸上。他在半睡半醒之间受到了惩罚，是消极怠工且酩酊大醉的战俘理应受到的刑罚。

兵太醒了。夜幕降临，周遭漆黑一片。他虽然醒了，却发现自己无法起身。虽然手脚上的绳子被解开，重获自由，却丝毫动弹不得。这时，兵太才意识到，自己在醉醺醺的时候遭到严重虐待，还被拖来拽去。

"唔……"兵太呻吟起来。

"咦，你还活着啊？"

突然，从旁边传来清脆无比的女子的声音。兵太惊讶地透过黑暗看了看,完全看不清女人的相貌姿态。在他的眼里,只有几颗星星闪耀在无垠的夜空。突然,那女子柔软的手触摸了兵太的额头。然后,她的手从额头移到脸部。没想到脸颊上一阵剧痛传来。好像脸颊的一块肌肉被狠狠拧了一下。

"好痛!"兵太大叫。

"怎么啦?还知道疼啊?那就不用担心了。你能站起来吗?"

"你能站起来吗?"最后这句话,从她嘴里徐徐发出。

"你倒是说点什么啊!"

"唔……"

"只会哼哼?都说不出来话啦。"

然后,女子把手指放入嘴里吹出尖细的哨声。哨声在黑暗中传到远方。她沉默了一会儿,似乎站了起来,一会儿口哨又响了。这时传来脚步声,噗噗,像是从水边走过一般的微弱的声音。

"他在这里呢。差点就死掉了。"女人说。

"准是武田的武士。好像是俘虏,被弄得半死不活的。"是男人的声音。

"真是惨不忍睹!还不如直接杀死他呢!"

"确实如此。所以我才痛恨织田那帮混蛋。"

然后是一阵沉默。

"怎么办?"女人问,"有救吗?"

"谁知道呢。"

"是不是骨折了啊?"

男人咳嗽了两三声道:"撇下他吧!"

兵太觉得被弃之不理就完了。"唔……"他又呻吟起来。

"那能带走就带走吧。"男人说。

兵太感觉到男子的胳膊搭在自己肩上,粗手粗脚地把他拉起来。兵太疼痛难忍呻吟着。但是,对方根本不顾及这些。

"坚持一下!"话音未落,兵太到了男子的背上。男子的背像一堵坚固的墙。

"走!"男人往前走。女人沉默着快速跟在后面。

兵太感觉寒冷刺骨,脸部和手脚都几乎冻透了。他想,身体这样有知觉的话说不定会得救。虽然他之前从未想过要活下去,但是现在求生欲很强烈。因为他实在不想狼狈不堪地死在河岸。

他口渴了,嗓子几乎要冒烟。

"能给我点水吗?"兵太咕哝着,"有水吗?"

"这人要求真多。"隔了一会儿女人清脆的声音传来。

接着是男人的声音:"再忍耐一会儿!"

之后的很长一段时间里,兵太不停地在男人的背上摇晃着。

直走到丘陵的半山腰,兵太被毫不留情地扔到地面上,岩石和小石块硌得他浑身疼痛。天际开始发白,周围物体的轮廓依稀可见。

"快喝点水!"女人把水倒在木碗里。

"不胜感激!"兵太一口气喝光了整碗水。

"再来一碗。"兵太说。

他有生以来从未喝过如此美味的水。

"再来一碗?"女人听起来不耐烦,但还是不知到哪儿去盛水了。

一路上背着兵太的男子,看起来疲惫不堪,仰面朝天躺在兵太旁边。他一言不发,可能睡着了。

兵太喝了女子拿来的第二碗水后,方才得以一睹女子芳容。黎明的白光映照出女子的脸。

兵太把水碗还回去的时候,发现女人的手白皙细嫩。兵太仰卧着,望着女人的脸。他觉得那张脸似曾相识,可一时又想不起来。

"爸爸,我们出发吧!"女人对正在睡觉的男人说。

"老待在这儿也无济于事。我们还是出发吧。"女人催促男人。

"唔",男子咕哝着说,"好吧,出发吧。"又说,"行李真够重的!"

他一边说着一边起身了。兵太这时第一次看到男子的脸。本以为是位中年男子,没想到是位两鬓如霜的老人。老人身体健壮,目光炯炯,打扮成野武士的样子。他在岩石上面霍然跃起,身高近六尺。

"快,上来吧。"男子用粗犷的声音对兵太说。

如今兵太知道对方是位老者,就不好意思让他背了。他想试试能否自己走。

兵太靠自己的力量直起上半身:"我说不定能自己走。"

"那就站起来!"

被男人这么一说,他想站起来,但还是有些勉为其难。突然,女人的手从旁边搭到了兵太的肩上:"抓住我的肩膀。"

兵太把手放在女人的肩上,这回总算站了起来。老人径自走在前面。兵太在女子的帮助下,在小石子密布的山路上一步一步踟蹰前行。

"我先行一步了!"老男人说。

过了一会儿,前方只见山脊梁上的崎岖小路,男人的身影已消失不见。

"能不能让我休息一下？"

听兵太这么说，女子保持沉默，将支撑着兵太身体的手抽了出来。她抽得很不耐烦。兵太险些摔倒，一屁股坐到矮竹丛中。那个女人就站在兵太旁边。

"多亏您，我才捡回一条命。"兵太向她道谢。

"还说不好呢。你下半身不是满是鲜血吗？"女人说。

兵太这才注意到，原来腰附近的衣服被血染红了。但他感觉不到疼痛，可能因为失血太多而麻木了。

"被砍伤的吗？"

"这个嘛，你自己难道不知道？"

"我不知道。"

兵太边说边抬头看了看女人，这时他不由得瞪大了眼睛。

这不是前几天那女人吗?！他想。

在兵太眼中，面前这女人的脸，很像在新府城烧毁之日，被酒部隼人拜托借予马匹的那个女人。越看越像，简直是一个模子刻出来的。

"你看什么看？"

一听到女人的声音，他不得不承认这是另一个人。他在新府的城堡见到的女人虽然无法断定其身份，但待人接物谦恭客气，言谈之间有股做侍女特有的持重端庄。

"你没有去过新府城吧?"

"谁?"

"您。"

"你说什么胡话呢?"她觉得莫名其妙。

紧接着她说道:"我们快走吧!老傻坐在这儿有什么用啊。"

于是,兵太再次借助女子的力量站了起来。

"去哪里?"

"马上就到家了。"

然后,女人说:"你肚子饿了吧?"她说这话时听起来温柔可人。

在那之后不知走了多久,道路拐到了山脊上。当那条路即将下到斜坡时,女人道:"就是那里了。"

在山坡上茂密的杂树丛中,掩映着一户人家的屋檐。突然,兵太耳边响起了马的嘶鸣声。

"有马啊。"兵太说道。

"马啊,猪啊,还有鸡啊,应有尽有。"女人回答。

他们继续顺着道路往下走,看到三四幢农家住宅,虽然地方并不宽阔,但俨然形成一个小部落。女人搀扶着兵太走进最靠外边的房子。

"妈呀,累死了……"

女人依旧没好气地把兵太扔在土间，自己坐到上框上。

"爸爸。"她叫道。

刚才的老人从后门走出，还穿着先前的衣服。

"那些家伙一个都没回来。"他只说了这一句。

"不用担心。"

"会不会都逃跑了？"

"怎么会！"

"蝼蚁一样的家伙，都贪生怕死吧。"

然后老人说："让他睡到里面去吧。"边说边用下巴指了指兵太。

兵太被安排到后面库房里。虽然铺的是蒲团，但已经极为难得。他一躺进被窝，就立即进入了香甜的梦乡。

兵太依稀记得，睡到中途时女人曾来到枕边。但他不记得女人说了什么，自己回答了什么。

他感觉自己睡了很久。醒来的时候，薄薄的暮色已然笼罩着檐廊对面的院子。

兵太侧耳倾听着。旁边板敷间里，一片混乱嘈杂。偶尔在粗犷的男人声中传来女人的声音。就是刚才那个女人的声音。

兵太从被窝里爬了起来，从板门的缝隙窥视隔壁的房间。七八名野武士模样的粗犷男人正举行酒宴。坐在最尊贵位置的是今天早上救过兵太的老人。他旁边坐着那位年轻女子。

"先让他休养一下,至于杀不杀他,那是后话!"说话的是老人。

"我觉得增加过多同伴是危险的。"一个矮墩墩的男子喝过酒后,红光满面。

"我同意。即便是武田方面的武士,不加区分就把他带回来很危险。"另一个人说。

"什么啊。那都是他身体恢复之后的事了。要是觉得危险,到时候再杀也不迟。"老人又说道。

兵太这才知道他们似乎在谈论自己。这些野武士到底在打什么算盘呢?

"嗯,没什么了不起的啦。他虽然不怎么强,但也不算是胆小的啦。等他好了之后试他一试,如果表现好就留用,不好的话把他推到山谷里就行了。到时候我去推。"

"三公,你也险些丧命吧!我差一点就把你推下去了,幸亏你抱住了树……"说着,女人笑了。

许是因为喝了酒,女人大大咧咧,与早上判若两人。

兵太觉得自己真是误打误撞到了一个非比寻常的地方。

这时,老人对女人说:"你去看看那武士怎么样了。"

女人很乖巧地站起来，好像往自己这边来了。兵太又躺回到被窝里。

兵太刚躺下，年轻女子推开木板门走了进来。也许是喝了相当多的酒，与清晨的她迥然不同，脸红扑扑的，脚步踉踉跄跄。

"原来你已经醒了！睡得天昏地暗的，真拿你没办法。你能起来吧？快起来！"女人俯视着兵太说。

兵太没有回答。

"叫你起来，你就起来。"这次态度非常蛮横。

兵太坐起来了。

"如果不吃点东西的话，你会无精打采的。到这边来吧！况且我们还有话同你讲。"

女人从敞开的木板门处，再次回到了隔壁屋子。

"别磨叽了，让你来就赶紧过来。"她的语气突然变得很暴躁。

恰如今天早上一样，兵太无法分辨这个年轻女子是善意还是恶意。

"我去。"他简短地回答后，依旧躺在被窝里。

"用这么霸道的口气，怎么回事？"她瞪了兵太一眼，消失在对面。

兵太虽然爬了起来，但发现自己武具已经被卸下来，狼狈不堪。

兵太这回从被窝里站起来。手脚每个关节都疼痛不已，但坐立起居并未受到影响。他双手左右拉伸了两三下，像是相扑的准备动作一样，两腿左右张开，分别高高举起，交替在大腿上用力。反复进行了几次这样的预备运动之后，才慢吞吞地走进板敷间。

在座的人全都朝着兵太望去。男人们围坐一圈，旁边有地炉，里面有粗柴火在熊熊燃烧，上面支着大锅。锅里咕嘟咕嘟地煮着东西，热气腾腾。

兵太杵在那里，扫视在座的人。

"今天早上真是麻烦您了，多谢您。"他向老人轻轻低头致意。

这时，兵太被饥饿感占据。锅里煮的东西好像是肉。浓郁的肉香勾起了兵太的馋虫，他喉咙咕咚响了一声。

"那是什么？"兵太用下巴指了指锅。

然后，他挤到一个瘦高个子的野武士和一个矮墩墩的野武士中间。

瘦高野武士说："真是不懂礼貌的家伙，连名字也不报。"说着，他粗鲁地压着兵太的身体。

"先让我吃点东西吧，我从昨天早上开始就未曾进食。"

兵太说道。

"这家伙！"这时，瘦高野武士和胖墩墩武士都把肩膀压上了兵太的肩膀。

"来，酒敞开了喝！"老人说。

"酒嘛，酒嘛……"兵太不想喝酒了。昨天正因为喝了酒，醉醺醺的，才倒了大霉，真是自作自受。

"酒嘛，比起酒来，我更喜欢吃的。"兵太说道。

"我一不出声，你还耍起威风来了？这么了不起的口气啊？"女人边说边气哼哼地咂巴着嘴。

"那给他些吃的吧。"老人说。

一名头发全秃、像入道（和尚）一样的野武士吼道："到这里来吃！"

"这到底是什么啊？"

兵太站起来，盘腿坐在地炉后面，慢条斯理地掀起锅盖。

"猪！"大入道说道。

"现在有猪出没吗？"

"前几天，有一只神经错乱的猪跑了进来，就像你一样。我们把它击杀了，每天食用。今天已经是第三天了。"

"第三天啊，很好。"

兵太拿起锅盖，直接用筷子从锅里夹出酷似猪肉的切片。很是美味。

"大家都吃啊。"

兵太食着肉，啜着汤，可谓全神贯注。在座的人都在谈天，可是兵太压根没用心听。

"好吃！猪肉真是好吃啊！"

兵太用筷子在锅子里搅动，但是里面已经没肉了。大家风卷残云般吃光了。

突然，兵太觉得有个小物件朝自己飞过来，急忙把脸向后一扭躲开了。土间里传出器物摔碎的声音。是酒盅。

兵太一边吮着汤汁，一边听到向自己飞来的辱骂声。

"给我站起来！风来坊！"

大吼的是瘦高野武士。他突然大肆践踏着餐具，飞奔而来。仿佛用整个身体撞过来，鲁莽至极。兵太干净利索地用手抓住他脖子后部，扭转他的头，使他的脸扑到了围炉的灰烬里。

兵太气得火冒三丈。他正想把锅里的最后一碗汤送到嘴里，意外遭到袭击，现在碗已经不知所终，汤也溅在脸上。

"无礼的家伙！"他掐住埋在灰烬中的武士的头，使劲按了两三下。

"混蛋，站起来！"这次怒吼声来自光头的大入道。

那人站起身，猛然拔刀，"如果你和我能够打个平手，

077

我就饶你一命。不然就太遗憾了，我让你脑袋搬家。"一张大脸不可思议地毫无表情。

"加十次，你把他拉到对面再打吧。"女人说。

"在院子里打吗？"被称作加十次的大入道问。

"如果你去到院子的话，我们就看不到了，就在土间打吧。"女人很蛮横地说。

"好！"加十次说完就跳到土间，接着吼道，"过来！"

兵太沉默不语，慢吞吞地走到土间。

"借我把刀！"他对正坐在上框上的最年轻野武士说。

"没刀不行哇！"

于是，女人一边说着，一边拿过刀来。然后，她又像怂恿兵太似的说道："可不要输噢！"

突然，大入道从正面砍了过来。兵太侧身躲开，拔刀后把刀往旁边一挥。刀锋落在大入道的右侧大腿。一阵低声惨叫从大入道口中传来。

加十次再度斩将过来。这次是豁出性命的砍杀方法。但是，第二阵惨叫从加十次的口中发出。

"疼、疼、疼！"他仍旧抬着右腿，姿势非常奇怪，脸因悲痛而扭曲。

"够……够了！"

"已……已经够了！"

加十次这么说着，可是已经来不及了。兵太的太刀尖嗖地伸过来，刺中加十次的右肩。

"啊!"

怯懦的大入道发出一声与他外貌不符的尖叫声，往后一屁股墩在地上，旋即滚了一圈，到达土间外面。

"左卫门，你上!"老人对着矮墩墩的野武士说道。

"我？我可不行!"左卫门胆怯了。

"谁来上？"

可是，其他的野武士一个都没有起身。

"真强壮啊!"女人不由得感叹。

"左卫门，你上!"这次轮到女人再次下命令，"你应该是最强的啊，我最讨厌懦弱!"

听到她说讨厌懦弱，左卫门一副视死如归的神情站了起来。

"好，那走吧。"

他四下张望，跳下土间，拿起立在门口的长枪。

"哇——"

他虚张声势地喊着，奔兵太冲了过去。

真是个杂兵!兵太心想。这家伙完全没有掌握剑术的诀窍，只是实际参加过几次作战吧。不只是左卫门，加十次亦是如此，完全是杂兵的剑法，不管不顾地用整个身体砍将过来！

兵太一躲闪，左卫门脚下根本刹不住，继续往土间那边冲，长枪刺进了后门的柱子里。左卫门使出吃奶力气想拔枪出来，但不得不中途放弃，用右脚蹬在柱子上做支撑，才将枪拉了出来。

兵太觉得他太愚蠢，连砍他的心情都消失了，索性坐在上框那里。

于是，拔出枪的左卫门又喊着"啊！"朝这边奔过来。

"真啰嗦！"兵太一把将枪夺去，抓住撞到他手边的左卫门的背部衣领，将他的脸扭到对面，从背后一脚踢中腰部，将其踢飞。左卫门便以游泳般的姿态，从土间里消失了。

"真强啊。"女人发出感慨。

"你叫什么名字？"老人坐在那儿问。

在兵太看来，老人的神情很自以为是。

"你想杀我？"兵太把脸转向老人，老人却没有回答。

"好厉害的身手！"

虽说这位年迈的野武士对兵太来说是救命恩人，但兵太向他投去犀利的目光。

"为何要杀我？"

"我想试试你的本事。"老人用平静的声音回答。

"你试了我的本事，想做什么？"

"有事拜托你。"

"什么事？"

"在这里的人，都是答应我请求的人，你也会答应我吗？"

"你说说看！"兵太说。

这个老头到底想干什么呢？

这时，女人说："你这么底气十足啊，别忘了今天早上是谁奄奄一息倒在河岸了！"

"无他，只是我有远大的目标。我的身份你早晚会知晓，现在我还不想告诉你。我想灭掉织田信长。你也知道你主家灭亡是因为信长吧？"

"他不会灭亡。主君胜赖公肯定还活着。"兵太说道。

"三天前，胜赖、信胜和胜赖的妻子三位已被织田兵送上黄泉路了，你不知道吗？"

"我不知道！此话当真？"

"说谎又有何益？泷川一益的部队在天目山悬挂了三位的首级。他们拿着首级，过了这个山头。"

他们说的也许是事实，兵太想。织田的军力就像汹涌的波涛一样，不断流入甲斐国。软弱无力的胜赖一行人，能够安全逃难几乎不可想象。天下已是草木皆兵。

"消息绝不是假的吧。"

"我为什么要骗你!"

"好吧。"兵太说。

"如果要取信长性命的话,我也加入你们。我本就是该死之人,为了达成这个目标,也不是不可以苟活于世。"

"你能加入我们?"老人说。

"在下是迹部大膳。"他报上自己的名字。

"藤堂兵太。"兵太说道。

"这是武士的誓言。我们喝酒立誓。"

"不用了,喝酒还是免了吧!"兵太说道。

"你不喜欢喝酒啊,那就不勉强了,我们以水代酒吧。"

女子好像打算灌水似的,拿起德利就下到土间去了。

女人往德利里灌满了水回来,说道"来",作势用铫子①先给兵太倒。

兵太拿起酒杯,正准备接过来,可是想想又说:"还是喝酒吧。"

"你可真麻烦。"虽然女人嘴上这样说,但似乎很乐意给他跑腿。

"大家都过来吧!加十次和左卫门哪里去了?"老野武士迹部大膳说。

野武士们按照他的命令聚到一起来。加十次、左卫门和

---

①类似茶壶状、用来续酒的容器。

被塞进围炉灰烬中的武士，也都灰头土脸地来到这里。

"捡了一条命。"一名野武士说。

加十次则冷冷地朝他翻了个白眼，沉默不语。

"长篠之战后存活并没有什么了不起的。是吧，加十次?"女人说。

兵太顺着那个女人的话问："你是在法性院大人的时候，侍奉过武田吗?"

"没错!"

大入道没好气地说着，可能刚才被兵太扎伤的肩膀疼痛了，左手扶在右肩上。

"跟随谁?"

"马场美浓守大人!"

"哦。"

兵太向左卫门搭话后，左卫门似乎还恨意未消，完全不予理睬。

"我是继承今川的人。"坐在末座的五十岁左右的瘦弱武士做了自我介绍。

"今川?"

"桶狭间之战中败了……"他说过，他就是今川义元。

都是杂兵是毫无疑问的，不过，在这里的人事实上全部是在与织田的战役中败北而失去主君的人。

"你们都因为恨织田而聚集在这里吗?"兵太一边往自己面前的茶碗里添酒,一边问。

"去别的地方没活路啊。"一个人吐露了实情。

"别说有没有活路了,你可要当心了。现在开始可走不出这里了。"

瘦高野武士边说边笑了。笑声不绝于耳,这令兵太有点毛骨悚然。就在此时,兵太看到女人眼中泛起与其年纪不相匹配的妖媚,望向自己。

酒宴又持续了半刻钟。"弥弥,我先睡了。"迹部大膳说,然后起身向里面的库房走去。

"爸爸要睡了,大家都去睡觉吧。"年轻女子对野武士们说。

"弥弥是你的名字吗?"兵太问道。

"我名字好听吗?"女人将身体稍微挪向兵太这边,微微歪着头问。

"有点奇怪。"兵太说道。

"名字奇怪让你见笑了。"女人闷闷地说,"小时候,父亲就叫我弥弥、弥弥,所以就这么叫成弥弥了。"女人这样解释。

"大家都夸我的名字好,只有你一个人,说是奇怪的名字。不过,我就是喜欢你这一点。"

她含情脉脉地望着兵太。孩子气与成熟女人的风骚奇怪地交织在一起。

"看看，又开始了！"一个武士说着转到背后。

弥弥说："你在说什么呢？我可是喜欢武力高强的人。我讨厌弱者，你快回去。"

然后，她环顾在座的人："加十次、左卫门，你们都回去吧。"

加十次和左卫门都成了苦瓜脸，很不高兴地沉默着。

"你们磨磨蹭蹭干什么呢？叫你们回去就回去！"

"我不回去，今晚就让我留在这里吧！是吧，左卫门？"加十次为了有人附和，转向左卫门。

"啊、哈哈哈……"这时，门口传来一阵做作的笑声，有一个武士出门去了。

"谁？为什么笑？"加十次责备他道。

"因为太可笑了，所以我才笑啊。"野武士折回来，幸灾乐祸地叫嚷："你的好日子结束喽，新鲜的家伙闯了进来，你过气喽。"

"哇，好冷！"他扔下这么一句台词，这次真的离开了。

接着，又有两三个武士离开，只剩下加十次和左卫门。

突然传来奇怪的声音，兵太回头一看，是左卫门在一把鼻涕一把泪地哭泣。

"哎呀!真是太没出息了。快点回去!"弥弥冷淡地说。

她从前面推向正在放声哭泣的左卫门的胸膛,一个劲儿地说:"回去啦,回去啦!"

"不用你说我们也回去!"加十次在旁边说道。

不久,两人十分不情愿地站了起来,下到土间,在门口又留恋地回头望了望,最终消失在门外的黑暗中。

"那些家伙是嫉妒你。"

弥弥把门闩好,对兵太说自己会回来。

"我也去睡了。"兵太说。弥弥在身边他感到很耀眼。

兵太回到房间,躺在被窝里。弥弥不知睡在哪里,房间里变得安静下来。

兵太侧耳倾听着。院子里好像有池子,这时好像听到像狗喝水一样的"吧唧吧唧"的声音。

不久,兵太听到一阵低沉的脚步声。有人走近自己的被窝。一只柔软的手突然摸到了兵太的脸颊。

"弥弥。"大膳的声音在远处传来。

弥弥又蹑手蹑脚地去了某处。但是,过了一会儿,弥弥又来了。就连忍者都很难如此安静地走进来,弥弥的步伐十分轻巧。

当弥弥炽热的气息拂过兵太的脸颊时,"弥弥!"大膳的叫声又传来了。弥弥轻声咂巴一下嘴，接着又离开了兵太身边。

弥弥第三次来的时候，兵太也听到了大膳呼喊弥弥的声音。弥弥想转身离去，可是这次兵太却没有放开弥弥。久违的女人头发的香味让兵太变成了另一个人。

兵太将恍如别世之物的柔软身体，紧紧拥在自己粗壮有力的臂弯里。

弥弥挣扎了一会，喃喃自语道："我会成为你的人的。我喜欢厉害的人，你可真厉害。不过如果有更强的人，我就会选那个人。"

这真是奇怪的宣言。

然后，她又说："你不能再离开这里了，你要是想走我就杀了你。"

兵太漫不经心地听着。那些事情怎样都无所谓了，现在他只觉得弥弥浑身上下都可爱异常。

阳光与浪花

武田胜赖挥刀自尽、武田家灭亡一事,有如平地一声惊雷,哪怕在远离甲斐国、与武田家毫无干系的地区,都成为农民和町人们七嘴八舌议论的话题。

坊间众说纷纭,莫衷一是。有人说武田的残余势力困在信州的八岳,有人说他们为了东山再起已经逃往关东,甚至有人说自尽的是替身而不是胜赖。这些传言都不过是捕风捉影,来去无形。

酒部隼人正怡然自得地沿着琵琶湖岸向石山方向走。对于主家去世一事,他除了怨自己命运不济之外,并没有太多的感触。

隼人虽然侍奉武田家,但是对武田家并没有感恩戴德之心。他在连续不断的合战中把生命献给武田家,难道获得了应有的酬劳吗?加之,多年来百姓们因武田家而生灵涂炭的景象也是有目共睹。

他扪心自问,对于武田家自己唯有奉献,毫无亏欠。这次他想寻一位胜过武田家、自己愿意为其肝脑涂地的主家。他不慌不忙地去寻找值得托付的主家。

同时，他也因自己与千里一刀两断而感觉干净利落。他冒死将千里从眼看要被火烧毁的新府城里救出来，让她逃往别处避难。这已经算是仁至义尽了。

对于在这艰难时世中谋生的武士来说，女人是禁忌。如果对女人过于痴情，不仅于事无补，而且还会造成彼此不幸。

武士迟早要曝尸沙场。十年前的武士旧识，如今还有几人存活于世呢？大部分人在长筱之战中阵亡，即使偶有生还者，也在之后与德川家的小合战中战死。

女人是禁区。他既不愿意给女人留下念想而死去，也不愿意自己死后让女人陷入不幸境地。他喜欢千里是千真万确的事实。可是，他可能再也见不到千里了，就此放手吧……

隼人带着与武田家逃亡者并不相称的悠闲惬意，在暮春的湖岸溜达。

"喂，卖刀吗？刀。"

突然有人叫他，原来路边有一名浪人模样的男子席地而坐。旁边立着告示牌："想当兵的人，请到石山城下明智家浪人处申报"。

明智吗？隼人停下脚步，再度将视线落在告示牌的字上。

"你卖刀吗?"浪人又问。

"刀?"隼人反问道。

"高价收购呦。"

"买来何用?"

"在下想去投靠明智当兵。当兵的话没刀可不行哇。"对方说。

"你的刀呢?"

"说出来很丢人,我这把是竹刀。"浪人羞赧地说。

隼人坐到他旁边。

"你想投靠明智,有什么理由吗?"

"只是想当兵而已。"

"为什么去明智那里当兵?"

"现如今,还没有其他地方这样大张旗鼓地竖着条幅招募浪人。毕竟不少浪人来路不明。不管在哪个城下,对浪人的审查都非常严格,很难混入城下。明智看准这一点……"

"嗯。"隼人也不是没有注意到这件事。

"为什么要招募浪人呢?"这一点让人匪夷所思。

不过,隼人听闻,在织田的武将中,明智占据着物资丰富的近江,最为富庶。如果想把这笔钱花在壮大自己的部队上,也不是不可想象。

"你还不知道吗？"浪人的眼睛闪烁着光。

"听说在中国地区会有大合战的。承担这个艰巨任务的恐怕就是明智。你真是死脑筋。要不然，明智怎么会募集浪人呢？"

"合战？"隼人简短地说。

合战这个词，带着一种独特魅力，紧揪着隼人的心。如果要当兵的话，还是当兵后马上有合战比较好。要是没有合战，下级武士往往终其一生都碌碌无为。

"你卖刀吗？"浪人又问。

"对不起，我不能卖。我也要去这个浪人召集处露个面。"隼人说，"没有什么特别的条件吧？"

"只要不是武田的残兵败将就可以吧。"

"审查严格吗？"隼人问道。

"去了不就知道了。"浪人说。

现在武田刚灭亡，跑到那种地方极有可能是自投罗网，甚是冒险，不过隼人觉得命运由天，不如索性去一趟。

明智光秀虽然平素居住在他的任职地——丹波的龟山城，但近江是他个人长期经营之地，坂本城还留有妻儿和一族，所以湖西一带依然处于光秀的掌控之下。临近石山部落，明智的武士们来来往往的身影渐渐映入眼帘。

到了石山部落，入口处就有一处收留浪人的所谓募兵招待处。它看起来与普通的农家无异,只是在它前面,形形色色的浪人排成一列。

"这里好像是招待处了。"隼人说道。

"是的,来这里排队吧。"刚才在告示牌前相识的浪人说。

他们排到队伍的最后。队伍几乎不往前挪动。

"哎呀,我不需要换把刀吧?"浪人似乎很在意刀的事情。

"说实话,他们大概会给你配刀的,别担心。"隼人说道。

"真有点丢人。今天晚上不会立刻让我们出发去什么地方吧?我要不要老实交代呢?"隼人和浪人都坐到了地上。

"阁下的家乡在哪里?"突然,前边站着的颤悠悠的老耄武士回过头来问,带着一副令人生厌的面孔。

"甲斐。"隼人不假思索地回答。但是说了之后又有些后悔,"不是甲斐,不是的。"

一听隼人换了说法,对方的眼睛泛起贼光,脸上挂着轻微的冷笑。一看就是心术不正的人。

"阁下刚才说什么?"他的身体靠了过来,恨不得紧贴上隼人。

"我什么都没说。"

"你家乡在哪里?"

"家乡嘛……"隼人一时语塞,"就在这附近。"

"就在这附近?我也在这附近。真巧啊,告诉我是哪里呢?"

"少废话!"隼人对这样执着地刨根问底的老耄武士感到很愤怒。

"哪里都行,我不告诉你。"

然后对方伸出下巴,"我听到了,两只耳朵都听到了。——甲斐,你说了甲斐……你们两个都是武田的武士。"

这时,坐在地上的浪人慌慌张张地站了起来。

"不,俺才不是!"他吼道。

"喂,俺不是!"竹刀浪人又吼了一遍,"俺从一开始就觉得这家伙很蹊跷。"

他满脸堆笑地谄媚老耄武士。

"你是在哪里和这家伙走这么近的?"

"就在来这里的途中,一刻钟①之前。"

"好!"老耄武士说着,突然离开队伍,向外走了五六步,又折回来跟竹刀武士商量说,"怎么办?揭发他,还是私了?"

---

①日本战国时代,一刻钟为半个小时。本书中如无特别注明,"一刻钟"指半个小时。

他朝隼人扬了扬下巴。"如果你愿意私了的话，也不是不可以考虑。"

隼人想这简直是敲诈勒索啊。这龌龊的老耄武士真是面目可憎。

"怎么私了？"

"投之以桃，报之以李。只要拿出足够我喝上两三天的酒钱来就行！"

"明白了。"话音未落，隼人就攥起拳自下而上抡到老耄武士的下巴上。

对方踉跄了五六步，像跳起来一般后仰着倒地。

"喂，竹刀！"同时，隼人一把揪住竹刀浪人的前襟，左右摇晃两三次，掐住了他的脖子。

"原……原谅我。"

"绝不原谅。"

正在这时，五六名招待处的武士来了。

"你们在干什么！混账东西！"

听到他们的声音，隼人一下子把手从竹刀浪人的脖子上挪开了。

"容我禀报。"老耄武士脸色铁青地从地上爬起来说，"这家伙是武田的余党。"

"武田的？"

"千真万确，我有确凿的证据。"

隼人沉默不语。

于是，招待处的一位武士思索了一会儿，对隼人说："不管怎样，你一个人到这边来！"

隼人如其所言，泰然自若地跟着去了。他心怀坦荡，不觉得有什么大不了的。

队伍有将近三十名浪人。隼人走在队伍旁边，进入农家的土间。

"待会儿再审讯，先绑起来！"

一声令下，三四名武士立刻围住隼人。

"我不是武田的余党。"

"这要容我们之后再调查，你先闭嘴！"

他们不容分说，将隼人的双手扭到背后。隼人被捆绑之后才明白，如果自己想不出很好的辩解理由的话，恐怕难以脱身了。他发现自己被五花大绑，捆得结结实实的。

"我不是武田的余党。你们查一下，查一下！"

虽然他拼命喊叫，但是无人理会。

"我在关东的北条那里做浪人是有原因的。我可不是什么可疑的人。"

他想，只要提起北条，谁都不知道。没有一个人熟稔关东吧。但是，对方完全不理这茬。

"吵死了！闭嘴！"

之后，隼人被带到土间的角落，弃置在那里。

时间慢慢流逝。在此期间，浪人的选拔工作以敷衍问答的方式在进行着。

"有什么要求吗？"

"没有，哪会有。有吃的就行了。"

"真是个没出息的家伙，不合格！"

那个家伙落选了。

"在下比起三顿饭更喜欢合战。"有勇猛者如是说。

"你说一下我们明智大将的名字。"

"明智——"

空有匹夫之勇而说不出光秀的全名，因此这名武士也落选了。原以为可以简单地当兵，但没想到选拔相当严格。

轮到刚才向隼人叫嚣的老耄武士了。他来到接待处，直截了当地说："我就是刚才抓住武田浪人的人。"

"有什么要求吗？"

"如果能给我配三个足轻的话——"

"别说奢侈的话了，你来这边！"

"我是被录用了吗？"老耄武士笑逐颜开，来到队伍一旁。

"给我绑起来！"

话音未落，老耄武士突然被捆绑起来。隼人不知道他为什么被绑，似乎连被绑的本人都不知道。老耄武士心惊胆战，吓得一个字都说不出来。

"在……在下不是什么可疑的人。"

排在队伍最后的是一开始就小心翼翼的竹刀浪人。

"你武艺出众吗？"

"嗯。"

"拔刀！"

"拔刀？"

绝望袭击了他的脸。他手握着刀，一屁股坐到了地上。然后说道：

"我不当差了，放我回家吧。"

"拔出来！"

他再次听到这个命令时，非但没去拔刀，反而撒腿就跑。当然，明智的武士立刻抓住他，把他也绑了起来。

隼人、老耄武士和竹光三人被带出土间来到后院。他们被带着沿一座小山走了五十多米，然后被关进水车小屋中。

隼人走进小屋，吓了一跳。已经有几个先来的客人。这几人都被捆着倒卧在地上，哼哼唧唧的。出人意料的是，隼人与先前客人中最为魁梧的武士被松了绑。然后，把他们带来的明智武士关上水车小屋的门，转身离开了。

"我从没做过一件坏事，完全不明白为什么被绑了。"老耄武士丈二和尚摸不着头脑。

一刻钟过去了。门突然被拉开，进来一位装束鲜亮的中年武士。随从的武士对他说："就这两个人，是武田的余党。"

于是，那位装束鲜亮的武士说："您两位据说是武田的残余势力，是真的吗？不可以虚假申报。如果真是武田的残余势力，就清楚说出来。我们不会亏待你们的。主家灭亡了，你们恐怕正惶惶不可终日。我们虽然跟武田氏是对头，但对于当杂兵的诸位，是毫无憎恨之情的。"

隼人心里犯嘀咕：要是我上了钩，如实回答他，万一惹上大麻烦怎么办？于是他选择闭口不言。

另一位魁梧武士说："不管怎样我都是武田的家臣。既已败露，我就没想过能活命。可是，要是能够活命的话，那就太幸运了。我不期望什么俸禄，随便让我去哪个地方，随便给我一个差事。我对自己的本事还是有信心的。"

说罢他仰天大笑。隼人对这名自称为武田家臣的魁梧武士产生了好感。

隼人也说："在下也是武田的家臣。刚才我提到的北条，不过是个彻头彻尾的谎言，因为我怕惹上麻烦。你们如果能录用我的话，就请录用我吧。我有个请求，那就是把这两个人给我当足轻吧。"

他边说边用下巴朝被绑的竹刀武士和老耄武士指了指。

然而,审讯的武士没有答复,只是询问二人:"你们一定很恨织田家吧?"

"不是没有,但事到如今我已无力回天。"魁梧武士说。

"你呢?"审讯的武士问。那张脸很柔和,让隼人感觉他是自己的旧知,不像坏人。

"在合战的时候,没谁会不恨敌人吧?逮住机会就想砍掉敌人的脑袋。可是,现在……"

刚说到这里,审讯的武士说:"我希望你们两个人都在我们织田家当差,只要肯为我们卖命,就一定能出人头地。"

审讯的武士忽然改变声调,对隼人和魁梧武士说:"请!"他们就准备离开水车的小屋。

"向您请教一下。"被留在里面的老耄武士发问,"我等会被如何处置呢?"

"怎样处置,在下也不知道。尔等揭发了这两个人,做出与武士身份不相称的行为,便听天由命吧。"

听到审讯的武士这么说,在座的人一阵喧闹。竹刀武士嚷着:"俺完全不知情啊。告密的是那个家伙啊。行行好放了俺吧。俺再也不敢犯这样的错误了。俺要回家种地。"

这完全是农民的说话方式。

"你是农民?"

"对啊。"

"搞歪门邪道的家伙!还是留在这里吧。"

"啊?"竹刀武士从脸色到态度,都变成了农民。

隼人与魁梧武士一起离开小屋,被带回刚才的农舍。在那里,他接受了另一个武士的审问。他回过神来,发现魁梧武士已不见踪影,可能是被带到了其他地方。

"还有很多幸存下来的武田家残党吧?"这次负责审讯的武士是一个有头有脸、满有威严的老者。

"生还者?我想应该有很多吧!"

"他们在哪里?"

"我想他们大都藏匿在甲斐的农舍里。"

"哦,能把他们集结起来吗?"

"集结起来干什么呢?"

"说起武田,大家都知道他拥有擅长骑马长矛的精兵。虽说国家灭亡了,可是精兵就这样变成农民,实属可惜。"

"如果你愿意到我家当差的话,我们非常欢迎。我们虽说是织田家,但是从来没有直接与武田家弓弩相见,也没有不共戴天之仇。"老武士说。

"在下认识的也就是下级武士——杂兵之类的。"

"杂兵足矣。合战总是由杂兵来做。你能不能召集一下有本领有气骨的杂兵？"

"咦？"隼人不由得看着对方的脸。

"请你说服有骨气的人，把他们带来这里。我可有言在先，这件事主君光秀大人也不知情。只是我私自为你们武田家费心费力的愚拙之见。"

"我知道了。"

"如果你接受了这份工作，我保证会提拔你。"

"那我试试看。"隼人说。

"我不是说，只要是武田的残党就全都录用。我只想要那些为主家尽忠却不幸存活的真真正正的武士。我只想要那些拥有武田魂、愿意为武田献出生命的武士。"老武士说。

隼人目不转睛地盯着对方的脸。因为他感到老武士的这句话中有某种难以理解的东西在流动。这位老武士到底在想什么呢？

"我想，如果一度想为武田献出生命的人，是不会轻易到敌方阵营中当兵的。"隼人说。

"这件事我自然清楚，屁颠屁颠来当兵的人，我们家也不要。"

"那么在下也是您不要的人之一。我从来没想过为武田家殉死。"

"别想得太复杂了。你和另一个人，是因为有优点才留用的。"

"优点,能有什么优点?"

"呵呵,呵呵,少废话!"老武士沙哑地笑了起来。

"主家去世没多久就想到我家来当差,真是大胆至极!我就是相中了你的厚脸皮和大胆。既然要当差,就希望你不要找借口,服从命令。"老武士凝视着隼人。

"知道了。"隼人也坦率地说。因为他很喜欢老武士的话。

"能行吗?"

"我会尽力而为,尽管有些困难。"

隼人想了想又问:"到底召集多少人?"

"说不上要召集多少人,越多越好。可是,也不用那么多。"

"召集五个人,还是十个人?"

"都可以,不过我有一个要求。"

"什么要求?"

"要抓紧!"

"呃?"

隼人这时候对老武士的话感到难以理解。因为他在说"要抓紧"这句话的时候,目光就像探照灯一样射到自己额头上。

"虽说要抓紧,但到底能给我几天期限呢?"

"不知道。"他稍微想了一下,"就在一个月内吧。"

然后老人又问:"你哪天出发?"

"今晚就出发吧。"

"你可真是急性子。今晚好好睡一觉,明早出发吧。"

隼人对自己被安排的略微奇特的任务感到满意。

"在甲斐的联络地点定在哪里好呢?"隼人问道。

"联络地点?完全没有。在甲斐各处都有织田家驻扎的部队,但不巧没有明智的部队,没有联络地点。我提前可跟你说好了,这不是明智家的事,而是我擅自做主。你一定要在这一切事上保守秘密。"老武士说。

"知道了。"

"盘缠明天早上出发前给你。"这时,老武士站了起来。

"有人吗?"他来到土间的入口处,向门外喊道。

"您在叫我吗?"一位年轻武士来了。

"今晚让他好好休息。"

"遵命!"

"他宿舍安排在哪里呢?"

"可以安排到寺院。"

"好,带他去吧!"

老武士下完命令,隼人没有回首,径直从后门出去了。

103

"我来给您带路。"年轻武士向隼人说道。

出门后,只见西边的天空被映得通红,晚春和煦的阳光照耀在一直延伸至湖畔的广袤田野上。远远望去,琵琶湖像是铺了一块蔚蓝色的布。

看惯甲斐的崇山峻岭的隼人,欣赏着眼前如画般的柔美风光。隔湖而望,对面的比睿山和比良山就像跨在湖上一样,傲然而坐。不过,即便如此,与披着积雪的甲斐群山相比,还是显得女性化得多。

"从这里到坂本,到底有多少部队呢?"隼人问引导自己爬上丘陵的武士。

"呃,我完全不清楚。不过,由于我们本队在丹波,所以在这里的应该有两百。"

"不止这个数目。"隼人说。

根本不是一百、二百。光是今天来这里的途中见到的武士们就数目庞大。

"那是什么?"

隼人指着遥远的东方湖畔。一队小小的人马在像蚂蚁一样,向这里移动。

"那不是我家的部队吗?我想应该是从丹波来替换我们的。"

隼人停下脚步,紧紧地注视着。镶嵌在静谧的湖畔风景中的这支队伍表面静若处子，但无论何时变得动如脱兔，都不足为奇。

出了什么事吧？隼人想。

酒部隼人当晚宿在丘陵中部的一个小寺庙的房间里。除了散落在寺庙周围的杂树丛在风中摇曳的瑟瑟声以外，完全听不到人语。当然，这里并不是无人居住的寺庙。伽蓝中似乎住着几名武士和小士兵，但是他们的说话声传不到隼人的房间。

半夜，隼人睁开了眼睛，感觉精神抖擞。他发现自己铺着客人用的高等被褥，有点不可置信。

自己好不容易逃离甲斐，这次却作为明智的武士，带着特殊任务回甲斐！隼人想到这里，感觉十分不可思议。

为了生存并出人头地，这也是无可奈何的事。更何况，无论是昨天审讯自己的老武士，还是在水车小屋中问询的中年武士，都没有给他留下恶劣的印象。

细想一下，明知自己是武田的残余势力，却特意留用，这绝对是不同寻常的招数。而且，起用一介新人，去寻找武田残余势力中可以当兵的，这也是天马行空脱离常规的想法。

隼人至今为止对明智的印象并不坏。与已经去世的昔日主家武田不同，总觉得有种舒适合理的感觉。尚是杂兵的自己就能被安排这样的宿舍，这在武田军队里是不可想象的！隼人对这种天上掉馅饼的事感到十分知足。

他再度闭上眼睛。没想到，千里的身影突然浮现在他的眼前。丰润的脸庞、笔直挺拔的身姿，还有从肩膀到胸前有弹性的肌肉。

隼人睁开眼睛，从床上坐起身来。他认为不应该牵挂千里。但是，他不得不承认，即便这么要求自己，但在决定奔赴甲斐的心灵深处，隐约充满了见到千里的期待。

不能去想千里！隼人对自己说。为了不去回忆千里的面容，他努力去想可以寻找的几个武士的面孔。其中一个就是在釜无川附近的山间小屋告别的络腮胡子脸藤堂兵太。

突然，隔壁传来说话声，打破了隼人的思绪。

"麻烦你了，对不起啊。那我就在这里休息了。辛苦！"声音听起来甚是傲慢。

好像有客人在隔壁住下。隔壁房间旋即安静下来，但很快又听到隔壁客人喊起来，还拍着手。

"嗨！有人吗？"

好像从厨房那边来了个小士兵。

"有酒吗？稍微喝点就好，我想要点酒。"

"真不巧，手头上没有。"

"没有吗？没有的话也没办法。"

"如果不是这样深夜的话，我们是会准备的。"

"不，没有就算了！只是我累了，没有酒就睡不着。"

"是我们疏忽了。"

这样的对话之后，小士兵好像离开了。

隼人以为这次会真的安静下来，可是，他忽然听到"咄！"一声很低沉的声音。隼人不由得浑身一紧，那是一种震人心魄的呼喊。

接着，又一声"咄！"虽然声音低，却带着连障子都震动的威严。对方既然说了睡不着，说不定在练什么居合拔刀术。

好本领啊！隼人想。

呀！

咄！

口号重复了好几次。

隼人却没有闲心去惊叹对方的武功。既然明天清晨就得出发，还需要再睡一会儿。虽然他以为喊声很快能停止，但是隔壁的客人还在反复练习着。

他实在难以忍受，就喊了一声："喂。大半夜的，希望您能安静点。"

"失礼了。"隔壁马上传来声音。

"我以为隔壁没人，给你添了很大的麻烦，真是失礼了。"然后旁若无人的笑声响起。

对于这个回应,隼人并不觉得愉快,反而觉得对方很是傲慢,根本不把别人放在眼里。

"早上我就要出门,现在得休息啦。不好意思。"隼人说完最后一句,闭上了眼睛。

"您去哪里?"声音又传过来。

"甲斐方向。"

"甲斐?"

然后隔了一会儿,旁边的客人说:"如果您要去甲斐的话,我想拜托您一件事,能答应我吗?"

然后,他好像爬起来了。"打扰一下可以吗?"门外声音响起。

隼人想,深夜造访别人房间,该是多么厚颜无耻的家伙啊。可是,嘴巴里却说:"请进。"

拉门开了。由于光线昏暗,他看不清访客的容貌。

"鄙人是大手荒之介,是织田的旗本。"

对方报上姓名,隼人也从榻榻米上坐了起来。

"在下是明智的家臣酒部隼人。"

"是明智的家臣啊?我还以为又是客人。"然后说,"您说要去甲斐,不知有何贵干?"

"我要去寻人……"

"哦，您去那里的住宿都定好了吗？"

"没有，还没有合适的住宿场所。"

"我知道您肯定是去办重要的事情，但是去甲斐的话我想斗胆拜托您一件事。——当然也不是什么了不起的事情。我有一个认识的人住在若神子村，想拜托您捎封信。信里我会拜托他们留您在那儿住宿。"深夜访客说。

"若神子村，虽然听说过，但不知道确切的地点——"

"它是从信浓刚进甲斐的一个村子，毗邻街道。你只要去甲斐，不管你是否愿意，那儿都是必经之地。"

"如果是必经之地，那就是举手之劳，我答应你。"隼人说道，"可是，因为是明早出发，所以请您提前准备好要捎的东西。"

"知道了，那么明早我们再见。实在打搅了。"

拉门随之关上。隼人想这下终于能休息了。他再次躺在地板上，许是室外狂风大作，树梢发出呼呼的响声。可能隔壁房间已经进入梦乡，之后就悄无声息了。

隼人却变得无比清醒。千里的面孔时而浮现眼前，时而消失。

自己哪来这么多儿女情长！这下轮到隼人想练居合拔刀术了。

咄！他没有喊出来，只是在心里喊着口号。他与千里的幻像斗争了很长一段时间，以前都能赶得远远的，但是今晚却怎么也做不到。再次踏上千里所在的甲斐的土地，这令年轻的隼人兴奋不已。

第二天早晨六点左右，隼人醒了。

昨晚虽然被邻居打扰，但是因为睡眠时间充足，头脑和身体都久违地轻松惬意。

他来到檐廊，跋上草鞋，转到后门那里，用从山上引下来的管道的水洗脸。寺庙位于靠近湖畔的丘陵中部，湖水尽收眼底。风景秀美，让人心旷神怡。半夜起的风业已停下，湖面像整块蓝色的布一样安宁恬静，波澜不惊。

他回到房间后，隔壁的拉门打开了。

"酒部先生？"那人说着把脸露了出来，意外的是一位与自己年纪相仿的年轻武士。

英俊的脸庞，眼神中透露出精悍。隼人觉得，难怪昨晚这个年轻人练刀术时有那锐利的气势。

"您是大手先生啊。"

"昨晚真是给您添麻烦了。"

然后，他把一个小纸包伸到隼人面前："我想拜托您把它交给住在这个地址的人。"

那个小纸包正面用俊逸的笔迹写着：若神子村神户伊织

殿令爱。

"我把它交给神户伊织这位仁兄就行吧?"隼人问道。

"不,那可不行。那个叫神户伊织的人,是个相当麻烦的老头。一定要瞒着他,交给他女儿。"

"哦。"隼人感觉自己正在接受一个愚蠢的任务。

"很重要的信吗?"隼人略带嘲讽地问道。

"说重要就重要,说不重要就不重要。虽然不足以让您一直挂怀,但希望您千万不要忘记交给她。"

这种说法也充满张狂和傲慢。隼人想,谁会记挂你写给不明底细的女人的信函。可是,既然已有约定,便接过了纸包。

然后,武士说:"在下不久也会去甲斐,也许我们会在那儿碰到。"

"什么时候?"

"大概半月之后。"

"届时您亲手交给她岂不更好?"

"我想尽早把它捎过去,所以才拜托您。"

隼人觉得对方真是自以为是,做法也是傻里傻气。但是,他既然已经答应了,现在也不好再推辞。

当纸包递给隼人时,荒之介一副万事大吉的神情。

"那就拜托您了。我再睡一觉。"说着,他拉上纸门。

那人生得英俊彪悍，口中说出的话却弥漫着一股傲慢的味道。这一点并未给隼人留下美好的印象。

有人端来早饭，隼人把托盘端到檐廊用餐。隔壁房间可能已经熟睡，悄无声息。

吃完早饭，昨天带他来这里的年轻武士来了。

"有人交代我把这个给您。"他郑重其事地说完，拿出了布包。

"这是什么？"

"盘缠。另外我们在山门附近备了一匹马，您可以骑。"

"那太麻烦您了。"隼人道了谢，又问，"给我盘缠的人是谁？"这是他从昨天开始就想打听的事情。

"在下也不知道。"年轻武士回答道。

"不知道？"

"是的，他不常来这里，我们也不知道他的名字。招待处的人只知他是明智本营里身份高贵的人，但都不知道他的名字。"

"那他何时来到这里的？"

"两三天前我第一次见到他。不知道为什么，他从来不说名字。"

"喔。"

"今天早上很早就出门了。"

"去哪里?"

"不知道是哪里,会不会是去明智大人的居城所在的丹波?"

隼人因不知道名字而困惑不已。他以为尽人皆知,所以昨天没开口问。

"关于联络方式他有什么交代吗?"

"没有。"年轻武士说完,好像突然想到了什么似的,"他说让您把行李一件一件送到坂本城里。我忘记告诉您了,非常抱歉。"他就像犯了巨大的错误一样,郑重地低头道歉。

行李吗?行李无疑就是武田的残余武士了。隼人想,那老者的意思应该是让武士们逐个到达坂本城。

酒部隼人离开石山部落整整十天后,抵达信浓的诹访湖畔。

他刚观赏过琵琶湖,便觉得诹访湖的湖面更加清澈冷寂。

琵琶湖湖面湛蓝,一望无际,而诹访湖的湖面呈藏青色,波涛澎湃。

他经过一个叫有贺的村庄,有三十多户人家。他们既不像农民,也不像渔民,拿着家财和工具,来往穿梭。感觉他们像是为了避开合战,一度放弃村落,在得知近期不会发生合战后，从避难所再次返回家园的。

在从春天过渡初夏的信浓风景中，严酷的时光的流逝表现得格外鲜明。

湖畔有缓缓起伏的丘陵，包裹着整个山峦的杂木正萌发出新芽。

隼人离开诹访湖岸边时，愈发感到沉重的工作压在双肩。

明智的老武士给了自己大量的路费，让自己回到家乡。那人甚至姓名不详，但其豁达的态度令现在的隼人忠实于自己的工作。隼人深感不能辜负老武士的信任。

隼人骑马驶入有贺的部落。因为他听千里提起过，这个村子是她的故乡。

一想到那是千里的父亲和祖父居住过、千里出生并被养育了好几年的地方，无论是民家的风格、丘陵的样子，还是村民的表情，隼人都无法漠然视之。

他一度驰出了部落，又折了回来。之所以拨转马首，是因为生怕千里过来投靠亲戚并栖身这里。

隼人走进一栋破旧的小房子。佝偻的老婆婆正一个人坐在土间里。

一提要找千里，老婆婆回答说：

"现在，没有人家会藏这样的人，因为害怕接下来的灾祸。"

老婆婆似乎认为隼人是织田的武士,但看起来她并没有刻意隐瞒什么。

除此之外,隼人又去了一栋民房的土间。

"不知道!"

在铺着木板的房间里,眼光锐利的年轻人正结着绳索。他手腕强壮,眼睛的注视方式都与普通农民和渔夫不同。直觉告诉隼人:这人是武田的余党。

"比起一直当农民,再去当武士岂不是更好?"隼人语气平静,但单刀直入地问。

"什么?"年轻人警惕地转动眼睛,以为自己身份暴露,霍地站了起来。然后把手伸到房间横梁上,干净利落地取下一根长枪。

"不要误会。在下也是食过武田俸禄的人。"隼人说。

年轻人紧握长枪,一脸不忿,眼里浮起轻蔑之意,伫立在原地。

"不管怎么说,武田家已经灭亡了。"隼人说道。

"那又怎样?一国岂能如此轻易灭亡?"

这个年轻人也许幻想着主家的复兴。年纪二十四五,一表人才。虽然他貌似农民出身,但比胜赖近旁的武士更具武士精神。

隼人一眼就喜欢上了这个年轻人。他想这下明智的老武士应该能满意。

"你叫什么名字?"

或许是被隼人那居高临下的言辞惹火了吧,年轻人仍旧伫立在那里,默不作答。

"在下是为召集一心想着武田的武士而来的!"

"为了召集?"

这么一说,年轻人的眼睛顿时炯炯发光。

"召集之后做什么?"

"这之后我就不知道了。不管怎样,与其孤零零地生活,不如大家聚在一处生存。"

"十多个武田帮的人聚集在一起,天知道会惹出什么乱子。"

"你真糊涂!世界比阁下所认为的更为广阔。有人非常器重武田的武士,想招募他们。你何必硬撑,如果有这样的人,投靠他不是更好吗?!"

"是谁?"

"明智的一个武将。"

"明智?"年轻人的眼睛里又浮现出憎恨的表情:"我才不食敌人的俸禄。"

"哪里不是敌人的地盘?现在织田摩拳擦掌,欲平定天下。你不必考虑太多，跟我一起侍奉明智吧。浅井、朝仓、武田都已灭亡。在这里碌碌无为的功夫，合战可就没有了。"

隼人说的这句合战消失的话，似乎动摇了年轻人的心。

"没有合战的话就麻烦了啊。"

"建功立业的机会将永久消失。除了明智，还有谁待见武田的余党？"隼人坐到往榻榻米去的台阶上。

过了一会儿，年轻人说："我想拜托你。"然后，把竖在木地板上的长枪又放回搁架。

"真有人想招募拿过武田俸禄的武将吗？"他的神情半信半疑。

"真的有，所以我才说世界很辽阔。"

"真是难以置信。"

"在下真的是从武田的残余势力中召集真正的武士。那些酒囊饭袋的杂兵就算了。你如果认识至今仍惦念着主家的人，能不能介绍给我？"

听隼人这么说，年轻人心里再次涌起疑惑的念头。

"你们是不是要借此找出武田的余党，赶尽杀绝？"

"真是个多疑的家伙。如果是武田的名将也便罢了，要抓你这样的下级武士，何须如此大费周章？在下提供路费，希望你立即去明智的城池——坂本城。到了坂本城，只要说是从甲斐推荐的就行了。你去吗？"

隼人想，如果他不去的话，既然已经向他泄露秘密，就断不能留他性命，尽管这样做很可惜。

"好，我去！"年轻人说道。

"这是阁下的家吗？"

"是的。"

"家人呢？"

"我父母健在，但为防不测，我把他们安置到伊那山的深山老林里去了。我出发赴坂本之前，想先去拜别父母。能暂缓几天吗？"

"好吧。另外，就跟我刚才说的那样，阁下的朋友里有意志坚定的武士没有？"隼人问道。

"有，但是我不知道他们藏匿在哪里。"

他说完，转念一想："对了，有一位叫小见山的武士，那家伙可能藏在新府城附近的某个寺庙里。他说过要出家当和尚，也有很多和尚朋友。去那一带的寺庙打听一下便可知道。但是，很难让他出来当差。他本事不高，但为人可靠。新府城陷落之时，只有那家伙想自我了断。"

"好，那我去找找那名武士吧！是叫小见山吧。"隼人说。他觉得这位青年推荐的话肯定不会差。隼人把路费交给年轻人。这名青年是负责照看五名足轻病人的仁科家的武士。

隼人向青年打听了千里的情况，但是对方对千里一无所知。

隼人与青年告别，离开有贺村落，第二天进入了新府城下。只有少量的泷川一益的部队在此驻扎，须臾之间，城下已面目全非。

胜赖和他的妻室们从前居住的新府城，如今已荡然无存，只有杂树萌发出新绿，覆盖着曾是城池旧址的丘陵陡坡。

从前武田本营驻扎时，人马川流不息。只要环顾规整的平原，总有几个骑马武士往东或往西驰骋。但是，现在环视四周，唯有悄无声息、广袤无垠的田野。连百姓的身影也看不见一个。

隼人走进城下，是为了寻找有贺村落的青年所说的小见山。除这个人以外，目前没有武田的残余势力的消息。他现在拥有的唯一线索就是那位青年的话——去新府城附近的寺庙打听的话，也许能有他的消息。如果见到那个小见山的话，也许又能获得新线索。

说到寺庙，也不知道是哪一宗的寺庙。隼人认真地探访名字中带有寺的地方。这是他来到新府的第三天。他驰马往西一里左右，来到一间掩映在竹林间的破旧寺院。

出来的是一个剃度过的僧侣模样的人。

"你知道小见山这位仁兄的消息吗?这并不是官方审查,不会给当事人添麻烦。"隼人说明来意,目光投向双手合十的僧侣。

他脸色苍白,头顶秃秃,给人一种理智、甚至是冷漠的感觉。

"我不知晓。"对方平静地说。

"如果同样是僧侣,也住在这附近的话,那我说不定什么时候能碰到他。您先告诉我有何贵干,我有机会再转告他。"这种措辞颇是耐人寻味。

"此事若非见到本人,无法传达。"

"喔。"

"我有件事想先看他的人品再拜托他。"

"不好意思,您看起来像是织田大人的人。"

"现如今能在这里晃荡的人,除了织田的人不会有其他人了吧。"

"可是,您的口音是甲斐。"僧侣说。

隼人心里一颤,瞅了瞅僧侣。对方虽然温文尔雅,但是两肩发达的肌肉却是披戴过武具的人所特有。

"我老家确实是甲斐,不过话说回来,你是由武士化装为僧侣的吧?"隼人直截了当地说。这也是出自一种对僧侣辨出自己口音进行痛快报复的心态。

"不得胡言!"和尚身体纹丝不动。

俄而,他平静地扬起脸来:"织田家的武士,为什么要寻找甲斐的一介无名和尚呢?"

这时,隼人脑海里灵光一闪,眼前这个人说不定就是他苦苦寻找的小见山呢。

"明智家想录用他。"

"明智家?"他思索了一下。

"您是明智家的吗?"对方问道。

"是的,的确如此。"

"为什么要征募敌人的杂兵呢?"

"杂兵?你怎么会知道小见山是杂兵?"隼人尖锐地问道。

"唔,那个……"和尚一脸狼狈。

"你怎么知道?"

"我不知道。只是随口说说而已。"

"不可能。"

"胡搅蛮缠!"

"你是小见山先生吧?如果是的话,我有事想拜托你。"

"不,我不是。"

"既然你说不是,那就不是吧。如果你见到他,请转告他。"

"好的。"

"明智家想从侍奉过武田家的武士中招募尚健在的、可靠的武士。小见山就是其中一位。"

"简直天方夜谭。"他出言嘲讽。

"您也是其中一位吗?"

隼人有种被锐利的剑刺穿的感觉。隼人不禁凝视着僧侣的眼睛。和尚一边与隼人对视着,一边起身。现在两人分明都是决斗者的眼神。

隼人想,对方是小见山也好,不是也好,只要已经对他泄露了秘密,就不能听之任之。

"小见山,我没叫错吧?"隼人喝道。

"的确。"对方清晰地回答。

"你去不去明智家当差?"

"混账!我跟你不是一种人。"对方岿然不动。

隼人杀他很容易。从体格上看,也不是可用之材。但是,他还是想努力说服对方。如果无法说服,再杀也不迟。

"拜托你,来当差吧。"隼人说。

"我再说一遍。您要来给明智当差吗?"隼人又说。

"你一定要答应我的请求。你敢说一个不字——"

"我就杀了你!"隼人说。

"我自知不是你的对手。可是，我绝不会死在像你这种背信弃义的家伙的刀下！"小见山的话掷地有声。他朝里屋喊道："客人，请您帮一下忙吧。"

"你可以去明智那里当差。不要意气用事。"干枯低沉的声音从隔壁传来。然后响起一阵大胆自负的笑声。

"您的意思是说让我去当差？"小见山又问。

"征集武田的残党，是不是有点癫狂、有点孩子气呢？也许很有趣。去看看吧。"依然只闻其声，不见其人。

小见山没有应答，怔在那里。"明智家是武田家不共戴天的敌人——"

"所以，我才说不要意气用事。或许人家看中的正是这一点。"边说边走出来的居然是一位老者。虽然这人不是武士装扮，但出现时不带一丝声响。

原来如此！隼人想：背后有这样的人撑腰，这个小见山才有恃无恐。

"我叫神户伊织。小见山就拜托你了。"这个新冒出来的老者对隼人说。

神户伊织！这个名字好像在哪里听过，但想不起来。

神户伊织！神户伊织！

隼人注视着对方，警惕地站在那里，怕被对方出其不意地攻击。他心念一动，猛地意识到，神户伊织这个名字就是在石山的寺庙中大手荒之介拜托他捎的信封上的名字。

"您是若神子村的——?"他问。

"确实如此……"这次轮到神户伊织露出疑惑不解的神情。

"您知道一个叫大手荒之介的武士吗?"隼人询问。

"不认识。"

"您不认识?"

"嗯。"

"您有女儿吗?"

"我没有女儿。"

"真不可思议。您应该有个女儿啊。"

"家里确实有位姑娘,不过她不是鄙人的女儿。"

"对了,我们还是进去谈吧。两位请。"然后,伊织说不清是对着小见山还是对着隼人说。

甲斐、信浓[①]

千里坐在檐廊上。此时此刻,夜色正从庭院的一角逐渐变浓。

一点点从树枝的顶端绽放花蕾的棣棠花,使周围变得明亮起来。千里心不在焉地盯着那棵棣棠花的树干。

刚从山里干活回来的六兵卫穿着工作服出现在她面前。

"你回来了。"千里喊了一声。

"老爷还没回来吗?"六兵卫说道,"嗬,你要烧洗澡水吗?"说完伸了伸腰。

"洗澡水已经烧好了。"千里说。

可是耳朵聋的六兵卫却浑然不觉般,转身朝后门走去。

在神户伊织的劝说下,千里留在这里住下来了。宽敞的院落里,只住着伊织、六兵卫和千里三个人。通常,伊织一整天都闷在房间看书,除吃饭时间以外很少露面。不在房间的时候,便肯定是外出了。

---

①甲斐相当于今天的日本山梨县。信浓相当于今天的长野县。

千里难以捉摸这家主人在想些什么，她是头一回碰到这种类型的人。伊织以前好像是侍奉武田信玄的武士，但他现在似乎已经对武士失去了兴趣。

千里很尊敬伊织。虽然说不清他哪里了不起，但他似乎拥有很多值得尊敬的特质。

当千里听到伊织那独特而又舒缓的脚步声，循着石阶的坡道来到庭院的时候，棣棠花已经融入茫茫夜色中。她站起身来，到庭院迎接伊织。

"您回来了。"

"我回来晚了。你们吃完饭了吗？"

"还没有。"

"我一出门，回家就不一定几点了。你先把饭吃了，我反而更放心。"

"是。"

"看来你还是很拘谨。那可成不了我家真正的女儿噢。"伊织笑着走进土间。

"对了，有人捎了一封信给你。"

"信？"

"能猜到是谁的信吗？"

"我猜不到。恐怕没有一个人知道我在这里。"

"确实如此。我也没想到会有你的信。不知道是谁写来的，估计是邀约吧？这种扰乱心神的东西，不读也罢。"伊织说，"不过，如果你终归想看的话，看也无妨。有人特地从近江国托人捎来的。"

"近江？"千里原以为是村落里年轻后生的信。一听近江便知自己猜错了。

千里率先走进土间，走上房间的榻榻米。她把一根小木棍伸到火炉里点上火，再用小木棍点亮房间角落的行灯。当行灯照亮房间的时候，千里内心幽暗的角落俨然被照亮，一个激灵冒出新的想法。

"那……"千里心里的悸动在加速，"那封信的事。"

"你心中有数了？"

"是的。"

"谁写来的？"

"虽说猜到了，但也不一定那么准确……"

"如果说猜到的话，只有一人。"伊织说。

千里听了伊织的话，身体一紧。

"他不是一个正经家伙。"

"是的。"

"性格粗野傲慢的家伙。"

"是的。"

"他是个做事不顾一切不计后果的人。脸上都写得清清楚楚呢。"

"是的。"

"尽管如此,你还是要读那个男人的信?"

千里犹豫着不知该怎么回答。他确实是性格粗野傲慢,做事不计后果,但是……她很想在伊织的判断后面再补充一句,可情急之下又无以言表。

"那个……"千里浑身颤抖。那个叫大手荒之介的年轻武士紧紧拥抱的热情,在她的肩膀和胸部被重新唤醒。她痛苦地战栗着,感觉自己几近疯狂。

"虽然他不是什么正经武士,但是我想看看他到底说了什么。"千里说。

"给你。"伊织把小纸包裹放到千里面前。

千里没有马上伸手触碰。

"今天我在南门寺碰到一位来自近江的武士,那位武士也是偶然间被拜托捎这封信的。"

"喔。"

"读后烧掉吧。"

"是。"

"不用看也能猜个八九不离十。"

"是。"千里依旧浑身僵硬地坐在那里。正如伊织所说,大手荒之介到底在信里说些什么,不用看也能猜得到。但是，她还是无法抑制哪怕看一眼的渴望。

"读一下吧。"伊织说。

千里拿到纸包裹，撕开最外面的包装纸。内部又有两重包装，用细细的线呈十字形捆绑着。千里的手停了下来。她很想背着伊织，独自一人揭开最后一层包装纸。

伊织坐在她前面，守望着她的一举一动。

"那我打开了。"千里横下心来把那张白色的纸向左右打开，露出一封信。信封上干干净净，什么都没有。打开信封，只见纸上写着寥寥几行大字：

四月十五日，晚上六点，新府城马场门前见。

大手荒之介

千里读完立刻把信揉成一团，对伊织说："那我烧掉了？"未等伊织回答，千里就把信扔进围炉的火焰中。一簇金黄色的火焰瞬间升腾起来，旋即消失。

"写了些什么？"

"我没仔细看，无非是想何日几时见面之类的。"千里拼命按捺住内心的激动，低声说道。

"我猜就是这样。是那天来过的那位织田的武士吧？"

"嗯。"她含糊其词，"可能吧。"

"年轻人可得当心啊。这一看就不是正经人干的事。"说完伊织就像完事一般站了起来。

"我现在给您端上饭菜吧?"

"我喝了点酒,稍后再吃。你和六兵卫先吃。"伊织把地板踩得咯吱咯吱响,消失在院落深处。

千里心里反复默念着已被火焰烧成灰烬的信件上的文字。

四月十五日,晚上六点,新府城马场门前见。

气势浑厚、挺拔苍劲的文字,不断闪耀在千里眼前。一方面,千里觉得不该去赴大手荒之介的约。另一方面,她又觉得四月十五日这一天如此遥不可及,怎么还有将近半个月!

六兵卫来到土间:"肚子饿了吧?"他边说边坐到从土间登到榻榻米的台阶上。

千里一直坐在围炉里侧,身子软绵绵的没有力气。平时六兵卫回来,千里总是主动打招呼,但今天的千里与往日迥异。无论用餐,还是沐浴,时刻萦绕在她脑海的都是荒之介的身影。

那位年轻武士像风一般,不知从哪里来,闯入她的生活,激烈摇动她的身心,又不知去往哪里,令她魂牵梦绕,无法割舍。

她去回想那个男人的长相，却怎么也回想不起来；去回忆那个男人的声音，那声音也传不到她的耳朵。

对于千里来说，大手荒之介炽热如火。

不能这样！她的心试图去否定那团火焰。不过，不管她怎样否定，荒之介仍然以令人吃惊的执拗盘旋在她心里。

千里对六兵卫借口感冒，早早钻进了被窝。

风摇曳着庭院的树木，防雨窗咣当咣当地响着。千里倾听着外面的风声，不知过了多久从被窝里爬了起来。千里起身后，内心燃起一股坚定的信念：去南门寺吧！那位替大手荒之介捎信来的武士也许还在南门寺。说不定可以向他打听一下荒之介的情况。

关于荒之介，除了他的名字、是织田本营的家臣、一个月前从这里回安土之外，自己对他一无所知。千里现在迫切想知道任何与荒之介相关的事情。哪怕是一丁点琐碎的事情，只要是关于他的事情，她都想知道。

打开防雨窗，月光透进来，微明地笼罩着四周。初夏暖暖的夜色温柔地拂过她的脸颊。

她出了中庭，转到后门。因时候尚早，她看到灯光从伊织房间里倾泻出来。千里围着宅邸转了半圈，绕到正门，然后顺着石板路下坡，来到大路。

南门寺偏居附近村落的一隅，离伊织家有将近二里的路程。值得庆幸的是，有一次她给伊织办事去过这个寺庙，依稀还记得道路。现在出发的话，明天早上就能回到家。

千里沿着通常不敢独自行走的夜路，向山边走去。出乎意料的是，夜路并没有想象的那般恐怖阴森。

千里不顾一切地往前走，宛若着了魔。抵达南门寺时已是深夜。等千里来到南门寺前时，才意识到此举有些孟浪轻浮。

当她想起蛰居此处的小见山冰冷的面貌，她的身体僵硬起来。若是白天前来拜访尚有情可原，但是，深更半夜一个女人孤零零地翻山越岭，走上二里地来到这里，无论如何都不同寻常。不过，既然来了，就不能半途而废。

千里在僧房门口前站了半晌，最终下定决心，敲了敲门："打扰了。"

里面没有任何应答。

她正要第二次敲门，突然听到里面传来声音："不久我们会在坂本重逢。一路保重。"

另一个声音说："我也不知道会怎样，不过去近江转转也好。我先跟对方的人见一面，如果不合我意，我再返回来！"这明显是小见山的声音。

小见山继续说："我再啰嗦几句，你千万要注意防火。只要当心这一点，你何时离开、何时回来都没关系。本就是无人住持的寺。如果碰到什么困难，只管找神户伊织先生商量就好。神户先生知道我这么心急的话，也会惊讶不已吧？"他说完笑了。里面传来穿草鞋的声音。

千里蹑手蹑脚离开了门口。小见山为何去旅行，千里不得而知。她打算在山门旁边拦住小见山。她无法确定里面另外一人就是那位捎信的武士，同时见到两个人会比较唐突。所以她决定先单独跟小见山接上头。

千里返回山门那儿，在旁边藏起来。这儿虽说是山门，但屋檐早已塌斜。一阵强风袭来的话，感觉会摇摇欲坠。

小见山现身之前，千里双手揣在袖子里，听到风儿吹来远方军马嘶鸣的声音。守得云开见月明，皎洁的月光映照着右边悬崖下广阔的原野。

小见山穿过山门的时候，千里从背后喊了一声："喂！"事出突然，小见山吓了一跳，屏住呼吸回头看。

"是我，我是千里啊，一直住在神户老爷家里的千里。"

这时小见山终于认出她来："是姑娘你啊。怎么了？深更半夜的。"他带着诧异的神情走了过来。

"织田的武士还在您家吗？我收到一封他捎来的信……"千里说。

"原来如此。"小见山说，"那位兄台的话，现在还在寺院里。你去见见他吧！"

"好。"

"话虽如此,大晚上的,你一个人不要紧吧。"他一副吃惊的表情。

"您要去哪里?"

千里这么一问,小见山大笑道:"有点情况,我要去远方旅行,请代我向神户先生问好。"

月光下,准备旅行的小见山和尚的身影显得很清冷。

"以后寺庙这边怎么办?"

"本来就一直是废寺,有没有人都没有分别。今晚这么晚了,就住在寺里休息,明天一早再回家吧。那个武士也不似坏人。不过我还是再叮嘱他一下吧。"

小见山又穿过山门,回到僧房。千里乖乖地跟在后面。

小见山敲了敲房门,门从里面打开:"怎么了?"年轻武士的脸探了出来。

千里看到那张脸,大惊失色。她想,一定是隼人!我不会看错的!

酒部隼人!

等千里醒悟过来时,已经跑起来了。她横穿前院,钻过山门,跑下山坡。哪怕脚底下是滑溜溜的小石子,她也不管三七二十一地奔跑。

她在奔跑之前听到背后有说话的声音,但已经无暇顾及那到底是小见山的声音,还是隼人的声音。

千里恢复理智的时候,已经跑到田地的畦埂上。如同白昼般的月光倾泻下来,唯有她的黑影与她一同奔跑。

千里自己都不明白为何要从隼人那里逃走。但她唯一清楚的是,一定要逃走。

当她翻过两个小丘陵,来到山白竹茂盛的山坡,心情才慢慢平静下来。

千里根本没想到会在那里碰到隼人。一碰到这种突如其来的事情,她居然下意识地逃离了隼人。她想:我为什么要逃走呢?长期以来,我那么尊敬隼人,仰慕隼人。我本该视他为世界上最亲近的人。

不仅如此,在新府城沦陷的那一天,隼人在战败的混乱中,救出了自己。隼人是为了救自己,才舍生忘死地从前线赶回来。多亏了他,我还毫发无损地活着!

这世上,最深爱自己的人毫无疑问是隼人。因此,他理所当然应该得到自己的思慕。但是,自己却从隼人面前逃走了。只看了他一眼,就一言不发地跑掉了。

到底是哪儿变了?

千里停下脚步,站在山白竹遍布的斜坡上。前边和左右两边,山白竹像大海一样漫无边际。

也许是有风吧,低矮的大叶子簌簌作响,在月光的照射下，闪烁着银灰色的光辉。

这时疲劳向千里涌来。千里坐在沾满夜露的路边杂草上，心想：难道我不应该回到隼人那里吗!?

这样想的时候，千里脑海里反射性地蹦出一个念头："完了，我喜欢上了荒之介！"

但是，大手荒之介到底是何方神圣！扑向自己，夺走了自己的吻，任意妄为，自己对他根本一无所知。

恶棍！恶棍！恶棍！但是，自己却被那个恶棍吸引了。

千里又开始赶路。到达若神子村前，她都没有再做停留。千里筋疲力尽地走着，此时心态已与去程截然不同。

她终于到达神户伊织的宅邸时，已近拂晓。东方的天空微微泛白。千里悄悄打开防雨窗，蹑手蹑脚进入房间内。

她往返走了二里的夜路，最终也没有打听到一星半点与荒之介有关的事。同时，她明白了一件事：自己爱上了他。想到这里，她虚脱一般坐到榻榻米上。

千里一夜没合眼迎来了清晨。像往常一样，她心不在焉地干活，把饭菜给伊织端过去，然后和六兵卫两人在围炉里端吃了早餐。

"我有点感冒了。"她跟六兵卫打声招呼，就回了自己房间。千里一躺回被窝，浓浓的睡意袭来。她睡了将近一刻钟，却被六兵卫叫醒了。

"一位自称酒部的武士先生来看你了!"

"啊!"千里震惊地一跃而起,"在哪里?"

"在土间呢。"

"老爷呢?"千里昨晚擅自溜出家去南门寺的事情,不想被伊织知道。

"他去参加修路的筹款集会了。"六兵卫这样回答,千里把心放回了肚子里。

"我马上过去。"

"请您到檐廊那边去吧。"

"好。"

千里叠起被子,到后门洗脸梳头。然后沿着庭院回到前面,发现隼人坐在自己房间前面的檐廊上。

隼人依然如故。英俊的侧颜,眼睛望向庭院里的树梢。不知道他现在过着怎样的生活,比以前清瘦了一些,仍如往常一样带着拒人千里之外的冷漠,表情严峻,姿态略有些怪异。

千里出乎意料地镇定。他既然找到这里来了,她就必须露面。

"好久不见您。"千里走近隼人,这样打着招呼,然后抬头望向隼人。

隼人沉默地凝视着千里的脸:"你变了。"

"哪里变了？"

"我不知道。"隼人接着又问，"昨天晚上，你怎么逃走了？"

"对不起，您救了我的命，我还没有表达感谢——"

"说什么感谢的话！"

"我注意到的时候已经跑了；也许我害怕见到您。"

"害怕？"隼人向千里抛去锋利的眼神，"为什么害怕？"

像从前那样，千里与隼人相对而坐的时候，总是有种对决般的令人窒息的感觉在他们之间飘荡。

"我也不知道为什么会害怕。不过，我以前就很害怕您，虽然以前没逃走。"千里说了之后才发现自己说法很奇怪，便吃吃地笑了。好似被她的笑感染了一般，隼人也笑了。

两人情不自禁地对视了一眼。弥漫在二人之间的尴尬气氛有所缓和。千里喜欢这个时候的隼人，因为平日冷若冰霜无法靠近的他，只有这个时候眼睛里才现出温柔。

"您追出来了吗？"

"我有点事想问你——"

"什么事？"

"我目前在吃明智的俸禄。"像是在确认千里的反应一样，隼人说到这里便顿住。

"喔。"千里对这件事毫不惊讶。她以前就知道，他并不是那种会殉葬武田的武士。他不论投奔哪里都毫不奇怪。有时，他会用不屑的目光睥睨主家武田。

"我来寻找武田的残余势力，劝他们投靠明智——你有没有富山、刑部、坂下等人的消息？"富山、刑部、坂下三人千里也认识，都是与隼人同级的年轻武士们。

"我不知道。不过，我想他们是到信浓的小室去了吧。我记得，在新府城沦陷的前一天，好像听到刑部提起过。"

"你这么一说，我也想起那家伙的老家确实是小室。那三个家伙去当农民太可惜了。我要去一趟小室。"隼人若有所思，视线仍落在院子里的树梢上。

千里迫切想知道，为什么隼人会认识大手荒之介，但是终归羞于开口。隼人也不知有意还是无意，只字未提捎信的事。也许是在刻意回避。

突然，他仿佛看穿了千里的心思："你收到那封信了吧？"

"收到了。"

"有急事吗？"

"没有，上面写着想于十五日傍晚在新府城堡马场前门见面。"

千里实话实说。这些话如同出鞘的刀锋，带着千里满腔的怨恨，砍向明明对她怀揣爱意，却装作若无其事有意疏远她的隼人。

但隼人脸色如常。

"那就告辞了。"隼人突然直起身,"这家主人是个正派人,你很幸运,找到一处不错的栖身之所。以后自己多保重!"

"好。"千里瞪着隼人的眼睛,心想:为什么这个人只会以这样的方式跟我见面呢?

"那个……"千里突然不想放隼人走。如果世上尚有一人能让自己对荒之介悬崖勒马的话,那么这人非隼人莫属。

"你认识'大手荒之介'这个武士吗?"

"我认识。"

"是什么样的人呢?"

"不知道。你不是认识他吗?"

"我们只有短短一面之缘。"

"噢?"

"就是那人给我写了信,说要我十五日傍晚到新府城的马场前门来。"千里又重复了一遍刚才的话。她想跟隼人商量,只要他说一句"不要接受他的邀请",那么,她自然会坚决拒绝。

但是,隼人无动于衷:"哦。"虽然他冷冷地扫了千里一眼,但也仅此而已。然后隼人提起了放在边上的一长一短两把刀。

愤怒与寂寞令千里脸色煞白。她豁出去了："他人很好吗？"

"谁？"

"那个叫大手荒之介的武士。"

"我觉得他是一个武艺超群、心意清楚的年轻人。"

"就这些？"

"一个言出必行的武士。"

"仅此而已？"

"当今世代，这种人到哪儿都能飞黄腾达。"

"那位武士托您带什么话了吗？"

"没有。"

她感到维系着两人的那根细线戛然而断。

"再见。"

"您小心点！"

隼人郁郁寡欢的背影转身离去。千里像突然失去支撑一般，跌坐在檐廊上，感觉今后自己就是孑然一身形影相吊了。当她再次抬起头来，隼人的背影已经消失。

他舍生忘死地营救自己，却弃之若敝屣地抛弃自己。对千里来讲，隼人的心理简直不可理喻。

千里决意去见荒之介。

雷雨

已是黄昏六时。由于白昼变长，天色依然明亮。

大手荒之介策马往新府城飞奔。新府城所在的丘陵自古被称作七里岩。当高耸入云的七里岩丘陵出现在眼前时，一滴冰冷的东西落在他额头上。

荒之介抬头仰望天空，已是乌云密布，山雨欲来。他不由得快马加鞭。

他进入甲斐国已经三天了。此行任务是巡视驻扎部队，询问部队治安状况。

他与千里约好黄昏六时在新府城的马场前门见面，但比约定时间晚到了一些。因为他下午访问泷川一益驻扎于韭崎的部队时，意外耽搁了时间。

到达七里岩脚下时，已是大雨倾盆，几道闪电不时划过夜空。为了不让马儿受到惊吓，荒之介给它戴上了眼罩，然后继续马不停蹄地在丘陵脚下疾驰。

他来到约定的马场前门，一度从前门经过，又折返回来。

空无一人。

荒之介暗忖：这没有道理啊。我如此迫切地想见到那个女人，女人理应也迫不及待地想见我。怎么可能没人呢？

"谁？"五六骑武士来到门前进行盘查。似乎是韭崎部队巡逻的武士们。

"原来是韭崎部队的弟兄们啊，你们辛苦了！"荒之介傲慢地回答。

"你是谁？"对方并不轻易罢休。

荒之介驱马走近那帮人："我是大手荒之介，白天刚去过韭崎哨所。从安土那边派过来的。"

"安土"一词立竿见影，对方立刻变得毕恭毕敬："您在这儿做什么？"

"等人。"

"……"

"我们约定在这里见面。"

"您晚上住哪里？"

"我会回韭崎哨所。"

对方脸上现出迷惑不解的神情。伫立片刻，其中一人开口道："那我们告辞了！"这帮骑马武士心领神会地簇拥着离开了。此时大雨如注，雷声隆隆。

她会来，一定会来的！

荒之介骑马躲在城门的屋檐下，一边避雨，一边等待千里。

迄今为止，荒之介无论想要什么都能如愿以偿。在合战的现场，只要想砍翻对手，就一定能砍翻。想要十个足轻，十个人就迎面走来。只要想把十个足轻增至三十个，幸运之神也会轻而易举地眷顾他。

所到之处，幸运常伴——至少荒之介是这么认为的。

唯一不如意的是一个美丽淫荡的女人。他与那个女多门卿卿我我了一年多，察觉她有些蹊跷，后来发现她居然是浅井家派来的间谍。当她狐狸尾巴露出来之后，竟然妄想取他性命。

最终那个女人被处斩。他的所有痛苦经历仅此而已。

然而那痛苦一直持续到现在。荒之介至今痴迷于被处决的那女人的倾国倾城之貌。除了她，只要荒之介愿意，任何女人都是手到擒来。哪怕和他有一丁点瓜葛的女人，也会对他暗送秋波。

雨势一点儿也没减弱。不知不觉门前已雨流成河。

她会来，一定会来的。

荒之介还想到一种可能，那就是信并没有捎给对方。但是他完全不予理会，笃信女人收到了信函。

荒之介毫不气馁。可过了半个小时，千里还是迟迟不现身。他心中隐隐涌起一丝不安。

那家伙也是个夜叉啊！

她的美貌跟女多门毫无二致，内心可能也是夜叉。

但想到千里扑向自己时的气喘吁吁，细语呢哝，终归还是与夜叉完全不同。

她会来，一定会来的。

荒之介这样给自己打气已经不知是第几次。忽然，他听到雨敲打地面的声音中夹杂着由远及近的马蹄声。此时已伸手不见五指。

马蹄声突然越来越响，越来越急促。

"荒之介！"他听到有人呼唤自己。

荒之介沉默不语。还有谁知道自己在这里？

"荒之介！"那人又叫他了一声。

"嗯。"荒之介回答。他驱马来到雨中，感到两匹马擦身而过。

"你是韭崎哨所的？"荒之介大喝一声。几乎同一刹那，他以马为盾牌，从马背上滚落。血花从马身上溅到脸上。

"卑鄙小人！"荒之介一边怒骂，一边在雨流成河的道路上跑了一丈多远的距离。马疼痛的嘶鸣声渐行渐远。

荒之介这才反应过来，坐骑被刺中背部，负伤逃走了。

雨点像筛豆子似的往下砸落。荒之介不敢稍有松懈，缓缓拔刀。

那个家伙一声不响就趁人不备砍过来，真是卑鄙至极！雨声哗哗，他完全听不到袭击者的动向。听不到对方的呼吸，更无从判断对方是否已下马。

"来者何人？"荒之介大喊，仍然没有回应。突然，荒之介感觉右手边袭来一股冷飕飕的杀气，预感右肩会遭遇袭击。

"当——！"荒之介立刻把身体向左大幅度错开，斜着挥起太刀。果不其然，两把太刀激烈撞击，声音铿锵。

荒之介已无暇顾及动作，对手显然是个可怕的家伙。他虽多次置身险境，但从未有过这样的经历。一个隐形人忽左忽右砍来，简直魔鬼一般。荒之介无比懊恼在晚上战斗。如果他能看到对方身形，不论对手使出什么手段，他都不至于落下风。可是，如今对手藏在暗处，肯定能看到自己，否则也不可能那样精准地砍将过来。

荒之介只能以命相搏。他从未练习过在漆黑夜晚的决斗，此刻追悔莫及。当他一屁股跌落道路中央，激起水花四溅时，便决意拼尽全力逃离此处。对手实在是个危险人物。于是，为了创造逃跑的良机，他发出凌厉攻势，挥刀向对手斩去。

"嘿!"

"哈!"

激烈的打斗声持续了一会儿。荒之介拿出不要命的劲头,从正面垂直冲对方劈下,然后立即转头沿着右边道路跑了。荒之介有生之年第一次逃之夭夭了!

荒之介双脚踩踏着水奔跑,极为困难。如果只是逃跑也便罢了,还要严加提防出其不意从背后砍来的太刀。

水突然变浅了。原来地面略高了些,雨水往低洼的地方流去。取而代之,圆溜溜的石头在脚底翻滚。

突然,砰的一声,荒之介浑身一震,摔了个屁股墩。前面好像撞到什么东西——原来是一棵粗壮的树。

荒之介跳起来,一把抱住前面的大树,然后绕着树逆时针旋转。这是粗糙树皮的手感。

"过来!"荒之介怒吼。

没了水流,脚底下踏实了许多,这使他又来了底气。虽然黑灯瞎火的,心里直打鼓,可是与刚才相比,决斗场地改善了不少。荒之介架刀迎候大树对面的强敌。有棵大树在正中央,对处于守势的他来说是件好事。

"过来!"荒之介再次叫道。

"嗯,我来了!"对方的回应一落,杀气如闪电般袭来。荒之介懊悔得肠子都要青了。如果能看见对方的身姿,他便能预先躲开，然后再从容还击。但现在他只能望洋兴叹。他绕着大树转圈，转了一圈又一圈。

"啊——！"一声惨叫从荒之介口中发出。敌人的刀锋砍到他肩上，好在不是很重。荒之介又围着大树转圈，不敢稍作停留。如果停下的话，下一瞬间恐怕脑袋就会被劈成两半。不知过了多久，荒之介又以大树为屏障，和对方面对面对峙。

这时，电闪雷鸣惊天动地。被暴风骤雨席卷的广场一角，突然被蓝色光芒照亮。

荒之介在距离不到一米的地方，看到一棵一抱来粗的大树，似乎是栲树。树对面有一个敌人的身影，向前倾斜着身子，架着太刀，窥伺着这边。荒之介自然不会错失良机，大喊着"嚯！"向对方扑去。

只有在闪电蓝光照明大地后的刹那，荒之介才能转守为攻，不顾一切地砍杀。就算漆黑再次笼罩四周，他还有一段时间利用余威，绕着大树与刚才相反的方向转圈，追赶敌人。但是，很快荒之介又被迫处于守势。攻击者的尖刀毫不留情地忽左忽右地逼近。

第二道闪电划破黑暗。说时迟那时快，荒之介瞄准对手，如离弦之箭一般冲了出去。可是，立即恢复了黑暗，他不得不窝囊地再次采取守势。

于是，电光闪过的那一瞬，荒之介追赶对方；一旦返回黑暗，对方又紧追不舍。两个决斗者以大树为轴心，忽而逆时针旋转，忽而顺时针旋转。

不知何时，荒之介的右臂和右肩都负了轻伤。他已经心无旁骛，只持守一个信念：要么鱼死，要么网破。

闪电间隔非常短暂。蓝白色的光每隔很短的时间，就会划破天地。

"嗖！"

"咚！"

两名决斗者互不相让。

荒之介稍稍倾斜着身体，双手紧握太刀，放在身后，刀锋几乎擦到地面。不同的是，对方正面举刀，刀尖冲着荒之介的眼睛。

只要一方稍有动静，二人就不谋而合地朝对方冲过去，两刀相撞，厮杀一番，然后再次分开。

"敢上吗？"

"来吧！"

"嘿！"

"哈！"

只有在摆架势时，他们口中才会发出这种号叫。闪电和黑暗交替笼罩着他们。

干掉他！荒之介想。以现在的情况来看，痛下决心杀掉别人的同时也有可能被杀掉。他感觉全身的血都被抽干，但身体轻盈，头脑清醒。此时，荒之介第一次将视线投向恐怖对手的容貌。妈呀！好像在哪里见过。恰在这时，雷电交加。两刀撞击，离开，复又相撞。突然，两人被比先前强烈数倍的闪电和雷声包围了。

荒之介开始意识模糊。他感觉身体被弹出几米远，然后深深陷入地面，最终不省人事。

荒之介感到刺骨的寒冷，甚至怀疑自己正躺在冰上。

"怎么办？扔掉他？"远处有个男人的声音，"谁知道他是什么来历啊？"

之后是女人的声音："让我再想想嘛！"

两三句简短的对话之后，周围恢复寂静。荒之介在梦境中游荡。他依然很冷，冷得难以忍受。

忽然，荒之介苏醒过来环顾四周。他发现自己躺在地上，伸手一摸索，旁边有个小水洼，小石子儿哗拉滚动。虽然一片黑暗，无法分辨清楚，但确定无疑自己躺在地面上。浑身痛得他龇牙咧嘴。他用左手从上而下去摸右手，发现右手仍然紧紧攥着刀。

这时候，荒之介彻底清醒了过来。

"唔",他呻吟一声,睥睨着眼前的黑暗。敌意和争斗心重新回到他身上。

可是,四周静悄悄的。既没有虎视眈眈的敌人,也没有雨点、闪电和雷鸣的裹挟。荒之介把心收回肚里,重新仰面而卧。生死搏斗过后的空虚蔓延全身。

好像遭遇了雷击。他开始回忆来龙去脉。他能记得与敌人决斗正酣的情形,但之后的记忆痕迹被抹掉了。荒之介一想到自己被雷击中,就非常惋惜。如果没有雷击的话,自己说不定早已取了敌人性命。不过,也可能早已以同样的概率,被敌人结果了。

不管怎样,要是决出个胜负来就好了!

敌人到底是谁呢?千真万确,那人两次喊了自己的名字。他知道自己的名字。

畜生!荒之介真希望对方没有被雷劈死。只要那人还活着,就可以一决胜负。

有两个人的脚步声走近。荒之介小心谨慎地闭上眼睛。

"还是带他回去吧。"

"你一看见男人,就想带回去,这真是个坏习惯。"他听到这样的对话。

听了这话,荒之介幡然醒悟,刚才恍恍惚惚听到的聊天声音,果然不是梦,而是真实发生的。

"你是哪里的武士啊?"一个温柔的女人声从正上方落下。

荒之介不知道围着自己的这三个人是谁,所以保持缄默。

"是在哪次合战中逃到这里的吗?"女人又问道。

"明摆着不是合战嘛,盔甲都没戴!"男人说道。

"吵死了!闭嘴!"女人严厉地责备他,"你干什么啊,净吃飞醋!"

"不是我老吃醋。你一看到奇怪的年轻武士,就都带回去。早晚要惹出乱子。现在可不同以往喽,可不能轻易带他回去。"

"你说会怎样?"

"你不是明知故问吗?被带回去的家伙多可怜啊。说不定会被劈成两半。"

"你怎么知道他要被劈。说不定这个人也很厉害呢。"

"即便厉害也不行,不行!不可能比兵太更厉害吧!"

"那谁知道呢。总之我喜欢厉害的人啊。让他试试看。"

荒之介不知他们在说什么,丈二和尚摸不着头脑。但是,从他们谈话的样子来看,不像正经人。

"你倒是说句话啊。这不是喘气喘得好好的吗?"女人对荒之介说。

"那边是不是还倒着一个武士?"荒之介第一次开口了。

"妈呀,还有另一个人?"语气好像吓了一跳。

"你们去看看栲树周围,有可能倒在那儿。"

于是,只有女人留下来,剩下的两个男人都离开了。他们应该是按荒之介所说去栲树那边翻查了。

"你是织田的武士吗?"

荒之介没有回应。

"一说是织田的人,就会掉脑袋的。最好说个其他的名字。"女人说。

"多大岁数了?长得真不错。"

"你能看到我的脸?"

"刚才提着灯火,仔细端详过啦。"

这时,两个男人回来了:"周围没有人啊。"

"好吧。"女人说完,突然紧紧攥住荒之介的手,"你说的那人不在啦。对了,尽管你可能会成为累赘,但我要救你。"

"不行,不行!"其中一个男人说。

"毕竟是武田的残党嘛。"女人说。

千里在大手荒之介指定的前一天,就早早地来到韭崎,借住在昔日在新府城结识的友人家。房屋后面是釜无川的矮堤，从家的檐廊就可以眺望急剧拐弯的部分水流。

第二天，千里离开家刚走半丁的路，就下起雨来，不得不中途折返家中。到家之后，滂沱大雨围困了房屋、堤岸和村庄。千里痛恨暴雨阻挠了自己与荒之介的约会。不过当她在檐廊上望见河水变成浊流，浪花翻滚，奔腾不息时，便又坦然了，心想：也许这就是天意。不久，雷电交加，千里便掐灭了与荒之介见面的念头。

荒之介在新府城马场前门遭遇雷电，会去哪里躲避呢？她想到这里，心如刀绞。

在雷雨完全停歇的时候，千里的心思又变了：即便我现在赶去集合地点，荒之介可能也早已离去，但我还是想去看看。于是，她对友人说，在新府城下有急事要办，就匆匆出门了。

从友人家到马场前门不到半里的路程，但是由于她不熟悉河边道路，而且黑咕隆咚的，格外费时间。

她觉得荒之介肯定已经不在，同时又心存一丝侥幸。道路偏离河边后，就来到了新府城所在的七里岩台地的脚下。千里毫不胆怯地走在山脚下。抵达南门附近时，月亮开始露出一点脸儿，泻出能依稀辨别事物的微弱光亮。

曾几何时，即便是深夜，这儿也有很多武士熙熙攘攘地出入。现在回想起来，那宛如即将熄灭的火焰最后的挣扎，昭示着武田家穷途末路的短暂奢华。千里怎么也没有想到,如今所站的废墟,竟是从前新府城的马场前门。

走到马场前门前时,千里吃惊地停住了。一个人影纹丝不动地蹲在门口旁边的石头上,让千里感到毛骨悚然。

"你好。"千里试着搭话。但对方没有回应。乍一看,千里还以为坐在石头上的是荒之介,却觉得哪里不对劲。于是,千里巴不得赶紧离开这个让人心里发毛的家伙。

此时,对方陡然发现了千里,扬起脸来跟她打招呼:"这不是千里小姐吗?"

千里瞪大眼睛:"是酒部先生吗?"一定是酒部隼人。

"是的。"

"喔。"千里靠近隼人,再次吓了一跳。他蓬头垢面,脸上有两三道血痕,右手腕部也有鲜血汩汩流出。

"怎么回事?我以为您早就去信浓了。"

"这个点儿您怎么在这里?"她接着问。

"这正是在下想问的。你果然是为了见那个叫大手荒之介的武士才来这里的吗?"隼人用责备的语气问道。

千里无法回答,一言不发盯着隼人的脸。

"我说的没错吧。哼,不用问我也知道。"

"先不说这些,您到底怎么了?怎么弄成这个样子?"

"让他跑掉了,真是遗憾。我想干掉他,结果没能成功。"

"谁?"千里顿时感到警声大作,"您说谁?"

"当然是大手荒之介了!"隼人吐了一口唾沫。话语中满是赤裸裸的仇恨。

"哦!"千里惊得差点后仰倒地,"然后您做了什么?他人呢?"

"谁知道他跑哪里去了。雷击之后,他趁我失去知觉就销声匿迹了。我找了一圈也没找到。真是遗憾。要是没有雷击,我准能砍死那个家伙。"然后他试图起身,身上某处疼痛难当,只好作罢,又坐回石头上。

"您为什么想砍死他呢?"千里问。

"你再去搜一遍,或许倒在哪儿了。"

听了这话,千里离开隼人,在四周徘徊巡查。水洼闪着钝光,丘陵脚下根本没有人倒卧地上。回来一看,隼人倒是向前趴在了地面上。

千里搀起隼人,隼人依然俯伏着说:"有人吗?"

"没有。"千里姑且不去牵挂荒之介,反倒担心起眼前的隼人。

"您没事吧?"

"没关系,只是伤到肩膀。那倒不算什么,主要是被雷击中,弹起来把腰给扭了。"

"能走吗?"

"很遗憾,我没法走路。"

"我搀着您走吧。"

"你搀着我也无济于事。明日清晨会有人打这经过,在此之前我还是老老实实待着吧。伤口很浅,你不用担心。你到底住在哪里?"

"韮崎。"

"那你还是早点回去吧。"

"我要留在这里。"

隼人发出不同以往的嘶哑笑声:"你应该不想见到我。你是来见大手荒之介的。只是他不在这儿罢了。"

"但是……"

"你不必操心了,我早晚杀了那个大手荒之介。"然后,他好像还惦记着荒之介,"你再去仔细搜一下,特别是粗栲树周围。"

"我仔细看过了,那儿确实没人。"

"他去哪儿了?畜生!真该杀了他!"

"您不会真杀他吧?"

"你心疼了?"他面带讽刺。

"回去,你给我回去!"这次他声色俱厉地说道。

"您为什么要杀他?"

"我想杀他!"

"我明白,但是您为什么想杀他呢?"

"也许是嫉妒吧,这个世上我唯独不愿意把你让给那个男人。"

既然如此,你为什么不把我据为己有呢?千里真想抢白他一句。

"我觉得他很不错。"千里说。

"也许吧。"他有气无力地说。

"那个人可能会给你幸福,他头脑聪明,身手不凡,但我却最憎恶那家伙,为什么憎恶呢?"隼人边说边思索。

"我迟早要杀了他。"过了一会儿,隼人徐徐吐出这句话。

千里从未见过如此明确表达意志的隼人。千里又去了粗栲树那里。粗壮的树干被劈成两半,裂口令人胆战心惊。千里绕着栲树周围梭巡几圈,在地面上跺跺脚,在草丛中踱来踱去。可是哪里都找不到荒之介的踪影。

千里又回到隼人身边,心想,如果此刻在这里的不是隼人,而是荒之介该多好啊!那样她肯定会心潮澎湃,欣喜若狂。她不得不承认,现在已与隼人心生隔阂。

尽管如此,她脑海里还是无法清楚地浮现出荒之介的音容笑貌,也无法清晰地回忆起他的声音。残留在她肩膀、胸部和嘴唇的那一瞬间奇妙陶醉的快感，就是荒之介带给她的全部记忆。

"不管怎么说，我们先到我住的地方去吧！只有半里地。请您忍耐一些。"

"傻瓜！"隼人一动不动，"你快回去！"

"您跟我回去吗？"

"你快回去！"

"您跟我回去吗？"千里怀着些许愤怒说。

一直照顾她、钟情于她的隼人，如今动弹不得，她说什么也不能坐视不管、弃之不顾。

"不管怎样，先到草丛那边去吧。那样你舒服一些。"说着，千里把隼人转移到那里。

这儿从前是哨所。她幸运地在门边发现了两三张没有被雨淋湿的草席。她把它们拿来，让他平躺在上面。

"这样会舒服一些吧？"

"添麻烦了。"隼人嘴上这么说着，到底还是躺在了草席上。

"以前真好哇！"隼人口中突然发出这样的感慨。

"咦？"千里一脸迷茫。

"一国灭亡，人心也会随之改变。这是理所当然的，一切都会改变。"

隼人重复了两三次"一切都会改变"这句话，就昏睡过去。哪怕摇晃他身体，也无法摇醒他。

下半夜，天色一点点明亮起来。隼人脸上流淌着的血，看起来乌黑。千里每次听到隼人的呻吟声，就担忧地俯视着他的脸。

她一夜未阖眼，在隼人身旁挨过了这个夜晚。

本是为了赴荒之介的约会才出的门，没想到到头来却跟隼人在这儿过夜。真是匪夷所思。

在熹微的晨光中，隼人睁开了眼睛。千里平生头一次替隼人感到悲哀。隼人陷入这般境地，无疑是出于对她的爱。他为了爱情甚至赌上了生死。怀揣炽热的爱情，却不曾吐露一句爱情的告白，反而总是故意疏远她。千里无法理解隼人的这种态度。

要说无法理解的话，与荒之介的感情更是如此。荒之介不曾吐露过一个爱字，只是突如其来落下一串亲吻，就轻而易举俘获了她的芳心。真是奇妙啊！

"你恨我吗？"隼人用平静的眼神仰望着千里。

"不恨。"

"大手荒之介好容易跑来跟你见面，我却要杀死他。你肯定恨透了我吧？"

"没有。"

"你不用掩饰。恨就直接说恨好了。"

"怎么会恨?"

"你是说不恨吗?"他突然伸出手臂,抓住千里的右手,使劲把千里揽进怀里。千里一个趔趄,上身栽到隼人身上,却把脸扭到一边。心中既没有兴奋也没有骚动,只觉心如止水。

"你是说不恨吗?"隼人又问了一遍。

"是的。"千里回答。

可是,她暗自思忖:仅仅不恨而已。自己承受了他那么多恩情,终归与他无缘无分!

千里泰然自若地直起上半身:"这个时辰农民差不多该出来了。我去找人来吧。您等着。"说着站了起来。

黑夜过去,迎来黎明。昨夜的暴雨打落树上的嫩叶。叶子散落一地,有的半埋到泥里。一部分泥土被雨水冲走了,小石子四处显露出来。

千里出去叫人把隼人运到韭崎的朋友家。她又到昨晚已经去过两次的栲树附近盘桓一阵,生怕万一荒之介倒卧那里。

千里的心仍然被荒之介占据着。

火

大手荒之介酣睡了两天两夜。自打记事以来,他从没睡过这么踏实的觉。

他中间醒了几次,有时是半夜,有时是白天,有时则是黄昏。

第三天,他彻底睡足了,睁大眼睛望着天花板。不过,他还是不愿意从被窝里爬起来。多年来的戎马倥偬、东征西讨所带来的疲惫感一齐向他袭来。

只有在起床小解的时候,他才走出房间,站在檐廊上。许是住宅旁边有竹水管,有淙淙流水声。除了水声以外,一片寂寥。

四周都是悬崖峭壁。群山环绕,形成天然的屏障,令人难以相信千岩万壑之间能有这么一块凹洼之地。

如今,荒之介身处一栋小农房。除此之外有几栋同样大小的农房,散布在这块高低错落的区域。

然而,无论何时站在檐廊上,村落里也感受不到人的气息。既听不到人声，也见不到炊烟。

自从荒之介被带到这里，带他来的那对男女不知所终，一直没有露面。

他能见到的只有一个四十岁左右的矮男人，那人看起来像野武士，每天为他端来朝夕两餐。

荒之介多次跟这个侏儒打招呼，但那人都不吭声。起初，荒之介还以为是侏儒被下了封口令，后来发现他是个哑巴。

荒之介既然从侏儒嘴里什么也问不出来，便决心无所事事、舒舒服服地打发上天赐予的这些休息的日子。

现在的荒之介跟平素的他略微有些不同。

若换作平素的他，待在这个不明所以的深山老林农户里，恐怕一刻都没法安稳下来。

但是，现在的荒之介不一样了。

女人真是夜叉！他时不时从嘴里蹦出这句话。

他如约去见朝思暮想的千里，谁承想来的不是千里，而是一个武艺高超的刺客。

荒之介对此非常不满：如果不喜欢见面的话，不见便罢了，何苦要雇凶杀人呢？

虽然心里对千里非常愤怒，但是荒之介无法将千里的面容从眼前抹去。

越是憎恶,千里那张美丽的脸庞就越是闪现在眼前。

第三天晚上,荒之介仍然在睡意蒙眬中度过。可是,夜深以后屋子外面突然喧闹起来,于是他从床上爬了起来。

外面传来马的嘶叫声。

荒之介立刻从枕边取出长短刀,蹑手蹑脚地站起来,蹭到檐廊上。

从防雨门的缝隙向外窥探,外面有三个野武士模样的男子。其中一人可能受伤了,直挺挺地躺在那里,像死了一样动也不动。

这三个人可能都是骑着马来的。旁边有三匹马,各自朝不同方向站立。马可能也疲惫了,一味站在原地不动窝。

"老六!"一人叫道。

"老六没在吗?"

"老六"可能是人名。这样喊了五六声后,那哑巴侏儒才急忙跑了出来。

"笨蛋!快拿水来!"一个人命令道。

侏儒毫无表情地愣了好一会儿,终于明白那句话的意思,慢吞吞地向对面屋里走去。

这帮家伙到底是什么人?

荒之介确定对方只有三个人后,打开防雨门,蹭到门外。

"你们都是什么人？"荒之介边问边走近他们。

一人平躺着，其他两人唰地站了起来。

"你是谁？"一个人吼道。

"我是三天前刚到这里的。刚才的哑巴还给我送吃的呢。"

"哦，你是新来的啊！"对方疑虑顿消。

"快把这家伙送到房间里去疗伤！"那人说着用下巴指了指倒地之人。

荒之介突然打了那人一个耳光，抓住他的衣领："告诉我，你们去哪儿了？都干了什么勾当？"

他又左右开弓打了那人两三巴掌。那人一屁股坐在地上。

"你们去哪里了？都干了什么？"

"惨不忍睹。"对方愤愤地说。

"什么叫惨不忍睹？"

"别提了！说是去讨伐信长，结果一个个抱头鼠窜。"

"讨伐信长？"荒之介惊讶地叫了起来，"你刚才说讨伐信长？"荒之介的手不由自主加大了力气。

"疼，疼……"对方手脚胡乱挣扎，不一会儿就安静下来了。

荒之介又给了他一巴掌："给我老实交代！要不然我就

杀了你!"他凶巴巴地瞪着对方。

这时,远处又传来马蹄声,好像是从陡坡上跑下来。马乍一停下,弥弥就从马背上滑落。

"左卫门,你回来了啊?"她精疲力尽地说。

"好歹回来了,这次算是拣了条命。我早跟你说过危险,不要去。你就是不自量力,净谋划那些自以为了不起的事,这才到了无法挽回的地步!"

刚才还与荒之介面对面的左卫门,把脸转向弥弥,愤愤不平地说。

"事到如今,你说这些也于事无补。就你们几个逃回来了吗?我爸呢?"

"不知道。"

"你怎么能不知道,不是一起逃到半路了吗?"

"哪有一起啊?途中被敌人追击,大家就七零八落了。"

"逃回来了就好——兵太呢?"

"兵太?他不是和你在一起吗?"

"我们也是在半路上被敌人穷追不舍,狼狈极了。也不知他现在怎么样了,我还以为他早回来了呢。"

"说不定早没命了。"

"怎么会没命呢?别忘了他可是兵太。"

"兵太怎么了?他也不是神嘛。"

"你胡说什么?"弥弥愤怒地说,"无关紧要的人,才总想着先逃!"

这时,她第一次注意到荒之介的存在,对他说:"你也在啊。发什么呆啊?赶紧去煮饭!"

荒之介刚才默默听着弥弥与左卫门的对话,一时瞠目结舌。现在才回敬道:"你们可真了不起!愚蠢至极的家伙!"

"你说谁呢?如果不是加十次失手,早早射出子弹的话,我们肯定能取了信长的狗命。哎呀,真窝心!"弥弥一副懊恼的口气。

"再说一遍!"荒之介手持刀柄,斜视着弥弥。

"啊呀,你是织田一伙的啊?"弥弥叫起来。

"你别忘了,我还是你的救命恩人呢。少吹胡子瞪眼的。你要是在这儿做点出格的事,可就没命了。"

荒之介没有接弥弥的茬,靠近她问:"你们在哪里袭击的信长主公?"

一说完,他就抓住弥弥的头发向上扯,然后放开手的同时,连续击打弥弥的双颊。

弥弥左右摇晃,站立不稳。最后被荒之介用刀鞘扫她的小腿,全身水平悬空,侧身倒在地面上。

"左卫门!"弥弥喊。

"我可打不过他!"左卫门斗志全无。

"左卫门!"弥弥又喊左卫门的名字。

她知道喊破喉咙也于事无补,于是很不甘心地说:"要是兵太在这儿,哪轮到这小子逞强啊!"

转眼间,弥弥又被揪住头发站了起来。然后,和刚才一样脸颊啪啪作响,最后被刀鞘扫起双脚,水平跌倒在地。

"这都什么事呀!"即便如此,她也不胆怯,还骂骂咧咧的。

"还不认错?"她头发又被抓住,往上拖拽了。

"算了算了。"弥弥为了避免双颊继续受苦,一改反抗的态度。

"你最好给我老老实实的,要不然没你好果子吃!"

弥弥带着怨恨的神情沉默了。

左卫门和另外一个男人明知弥弥遭罪却坐视不理,收集枯树枝生起了火。

周围一下子变得明亮起来。这时荒之介正抓住女人的头发,把她脖子扭向自己这边。

他看到那女人的脸,不禁大惊失色。她与自己的初恋情人相似,与千里也相似。不过脸比那两个人更瘦长,眼睛更精悍。所谓野性美,大概就是形容这种女人吧。

三四天前,他被这个女人带到这里来时,正值夜晚,加上他自己半死不活的,根本没有心情去留意女人的长相。

今天，他第一次近距离认真地端详女人的脸庞。两眼晶莹透亮，充满敌意。抵在他胸前的两只玉臂纤细洁白。

荒之介被弥弥的美貌所打动，屏住呼吸道："你们在哪里袭击信长主公了？老实交代！"

"信长一行出了古府中，沿着富士川去了大宫。我们途中袭击了三次，也失败了三次。"她言词坦率，眼睛里燃烧着深深的敌意。

荒之介压根不知道信长曾在古府中逗留的事。不过，这样的事情屡见不鲜。毕竟总帅信长的行踪远非荒之介这种层次的武士所能掌握。

综合弥弥的话，荒之介大致摸清了来龙去脉：信忠的军队仅用短短一个月，就平定了信州和甲斐一带，使持续了二十六代的武田氏走向终结。随后信长立即进驻甲斐，在古府中设置了大本营。

接下来，信长在那里逗留了大约一个月。在此期间，他处置了武田的旧领地，消灭了浪人，对将士论功行赏，颁布新政，竭力怀柔当地士人。

四月十日，信长从古府中出发，沿着富士川前往骏府。为了凯旋安土，他取道骏府，沿着东海道西下。这次可以说是信长的凯旋之旅。

这些野武士们谋划狙击信长，是在信长从古府中前往骏府的三天旅途里。

原本弥弥和两三个人共同担当留守的角色。是夜,当他们得知同伴们失利,被织田的武士们追击之后,自告奋勇前去营救同伴们。正是那个夜晚,他们与荒之介巧遇并把他带回这里。

幸运的是,他们中途与结伙逃走的同伴们接上了头,但是,由于追兵甚紧,很快大家就四散逃窜了。

——以上是荒之介从弥弥口中打听到的梗概。

"你们这些混蛋,胆敢谋害我主公!本该杀你们灭口,念在这女人救过我的分上,我姑且饶你们不死。不过,你们都得服从我的命令!"荒之介说。

他心里盘算着,现在身体还没有完全恢复,还需在这里将养两三天。

"马上去烧洗澡水!"他对弥弥发号施令。

"左卫门,马上烧洗澡水。"弥弥又命令左卫门。

接着,左卫门对另一个搭档吼:"喂,烧洗澡水!"

荒之介问:"你叫什么名字?"

"弥弥。"

"真是奇怪的名字。弥弥,我在命令你。不要吩咐别人,你亲自去烧洗澡水。左卫门烧饭准备酒宴。酒肯定藏在什么地方了吧。别怪我没提前说,你们要是不痛痛快快地听从命令，我就拧断你们的胳膊。"

弥弥和左卫门不情不愿地拖着疲劳的身子,消失在后门。

荒之介让另一个留下来的家伙在围炉里燃起火,自己坐在旁边。他想,反正要在这深山里住上个两三天,就好好享受一番,别亏待了自己。

浴桶烧热了。弥弥走进土间,荒之介看得入了迷。她那噘着嘴耍脾气的样子,在荒之介看来很是可爱。

虽然已是深夜,但既然洗澡水烧好了,荒之介就第一个进浴桶洗澡,还喊来老六给他搓背。

这是他自石山以来第一次入浴。雷雨之夜决斗的伤口尚未痊愈,水渗进后伤口很痛。

"冲水时避开伤口!"荒之介大声地呵斥。也不知老六到底听没听到,只是默默地替荒之介搓背。

荒之介从澡盆里出来又进去,如此反复数次。久违的身心舒泰之感包围了他。

"叫左卫门来!"荒之介命令道。

老六很快走进房子里面,不一会儿,左卫门满脸不情愿地出现在门口。

"揉肩膀!"荒之介说。

"肩膀?"左卫门气得眉毛直抖。

"揉肩膀!"荒之介又说。

左卫门仍像木头一样杵在原地。荒之介用提桶舀起澡盆里的水,泼在他脸上。尽管如此,左卫门还是站在那儿一声不吭。他的脸因愤怒而铁青,手不断颤抖。

他啪地转身跑进屋里,手里操着一杆宽刃扎枪返了回来。

"妈的,老子不发威,你还蹬鼻子上脸了!"说完持枪冲向浴室。

荒之介赤身裸体,手无寸铁。不过,他毫不畏惧。因为他早就看出左卫门使枪的方法完全是野路子。

荒之介绕着浴室转了两三圈,用身体挡住猛冲过来的左卫门的身体,从他手中把枪夺了过来。然后,唤来老六和弥弥命令道:"把这家伙绑在松树根上!"

"好哇,松树根是吧?"

弥弥这样阴阳怪气地回答完,转身走进土间去拿绳子。

荒之介用弥弥拿来的绳子,把左卫门双手拧到后面绑起来,把绳子的一端交到弥弥手里。

"松树根啊。栲树就不行吗?"弥弥说。

"哪个都行。"

"那就去栲树那边吧。老六,你来帮忙……"

"你就乖乖走吧。谁让你输了呢。"弥弥一边说,一边从后面戳了戳左卫门的脑袋。

洗完澡后，荒之介盘腿坐在围炉背面。老六依旧面无表情地走过来，坐在旁边。

"其他人呢？"荒之介问。

老六没有回答，弥弥的声音却从仓库那边传来："好像都逃走了。"

"你在那里干什么呢？"

"我也洗个澡。你等我一下！"

荒之介也无所谓等不等她，开始自斟自饮。锅里炖的好像是鸡肉，咕嘟咕嘟地响着。

过了好大一会儿，弥弥从浴室里出来了，一脸清爽。

"啊，真爽啊。"她这样说着，坐在荒之介旁边。

"喂，要不把老六也绑起来吧。"她瞄了一眼老六的方向。

荒之介没有回答，将酒碗送到嘴边。

"哎呀，他在这儿多碍事啊。快绑起来吧！"

"绑？绑谁啊？"

"当然是老六啦。别看他耳朵聋，实际上精得很呢。"

"要绑的话，先绑你。"荒之介说完，突然反拧起弥弥的胳膊。

"绑我？好吧，可得怜香惜玉点哦！"

弥弥被攥着胳膊，曲着上半身，扭头望向荒之介的脸。那双眼睛燃烧着淫乱的气息。

"真想让我绑你？"

"你绑的话，我心甘情愿。"弥弥一副柔情似水的模样。

"好吧，那成全你。"

荒之介命令老六："把绳子拿来！"

老六立刻站了起来，从土间的角落拿来绳子。荒之介就用绳子，像刚才捆左卫门一样，开始捆绑弥弥。直到被绳子捆得跟粽子一样，弥弥这才意识到荒之介是动了真格的。

"好痛啊！"弥弥叫苦不迭。

"这点痛，你就忍着吧。"

"你怎么真的绑我啊？"

"你当我说着玩呢？"

"啊，太讨厌了！左卫门！"

"左卫门在栲树那边呢。"

"老六！"

"吵死了。别乱动！"

然后，荒之介命令老六说："把她也给我绑到栲树根上！"

老六听话地站了起来，面无表情，生拉硬拽地将弥弥带走了。荒之介想：这下子世界终于安静了。

荒之介和老六二人对酌，成就了一次奇妙的深夜酒宴。

"倒酒！"荒之介说。

老六毫无表情地递给他酒瓶。

"热好了吗？热好了就倒在酒杯里。"

荒之介这么一说，老六又依言做了。然后老六也放肆地吃喝起来。

荒之介莫名地喜欢老六。不管发生什么事情，这个侏儒都面不改色。既不会僭越无礼，也不会战战兢兢。

荒之介仿佛在孤坐独酌，嘴里不时冒出几个词"倒酒！""烧火！"虽然不会有任何应答，但会如他希望的那样，酒斟得满满的，火也烧得旺旺的。

他很久没喝酒了，转眼间，醉意浸透五脏六腑。

"真是个夜叉！"荒之介喃喃自语。

千里的所作所为，犹如锥子般刺入他的心。每当他想到这里，一股无名火就直往上冒。找刺客来杀我是怎么回事？这种阴险残忍的勾当都能做得出来！

他妈的！长着漂亮脸蛋的女人，全他妈的是夜叉！

荒之介一躺下，就迷迷糊糊地睡着了。可是，一会儿又被冻醒了。

"烧火！"他这样喊完，又闭上了眼睛。不久，下半身就暖烘烘的，可能火烧旺了吧。

过了一会儿，他又被冻醒了。

"老六，添火！"他虽然吩咐了老六，但这次过了很久都没感到暖和。

"老六！"他摇晃着老六，但老六躺在旁边酩酊大醉。

荒之介把手放在老六的肩膀上摇晃，但老六仍然睁不开眼，烂醉如泥。

这么冷可真受不了，可是连个烧火的人都没有。于是，荒之介想起了弥弥，想把她带回来烧火。现在老六指望不上了，剩下的也就弥弥了。

荒之介站起身来，下到土间，拉开门。

门外是一个月圆之夜。皎洁的月光倾泻而下，风吹过树梢，沙沙作响。

"弥弥！"荒之介呼唤着。无人应答。

"弥弥！"荒之介又叫了名字。还是没有回音。

荒之介不知道左卫门和弥弥绑在哪里。他踏着月光，顺着房屋在后门附近徘徊寻找。

"弥弥！"

"唔……"

这次有回音了。不过，不像是弥弥的声音，是左卫门吧？

荒之介爬上房屋后面的山坡，因为声音隐隐约约从那里传来。

"弥弥！"

"唔……"声音近在咫尺。

"在哪里？"

"在这里。"

循声望去，离荒之介站立的地方约一米的地方，左卫门被五花大绑在粗壮的栲树根部。

"弥弥在哪里？"

"在我背后。"

听他这么一说，荒之介绕到栲树的另一侧。原来如此，弥弥被绑在这里。她被用毛巾塞住了嘴，所以无法出声。

一男一女分别绑在大树两侧，真是蔚为奇观。月光从树叶间透过，影影绰绰地照在四周。

荒之介把堵住弥弥嘴的毛巾拿掉。与此同时，"救命啊！"弥弥口中发出撕心裂肺的尖叫，划破夜晚的寂静。

"救命啊！"

"我这不是在救你吗？"

荒之介这么一说，弥弥才注意到是荒之介，露出一副放心的表情，鼻子抽泣起来。

"我饶了你，你回家烧火！"

荒之介这样一说，弥弥看上去已经痛改前非，一脸乖巧，使劲点了点头。

弥弥身上绳子解开，重获自由，便用双手摩挲着身体的各个关节，同时颤抖着身体说："啊，好冷哇！"

"左卫门怎么办？"弥弥问。

"不用理他！"

"妈呀！"左卫门哀嚎起来。

荒之介回到家后，健壮的身躯又躺回围炉背面。弥弥默默添着柴火。

荒之介身子暖和起来，立刻迷迷糊糊地睡了。睡了好大一会儿，睁眼一看，发现弥弥还在围炉背面烧火。随着围炉火焰的上下窜动，弥弥被拉长的身影也剧烈摇曳着。

"弥弥，你再烧一会儿就睡吧。"荒之介说。

"哎呀，你醒了啊。"弥弥尖声说道。

弥弥用火筷子捅旁边高声打着呼噜的老六。

"老六、起来！"老六抬起头，马上又要睡着。

"我叫你起来，你就起来。"弥弥又用火筷子戳他。因为对刚才被老六绑在栲树上怀恨在心，她手下毫不留情。

老六疼得厉害，一跃而起，突然发现弥弥就坐在旁边，吓得连连后退。

"快点回自己屋里去！"

他站了起来，忍受着弥弥的冷眼，然后一如既往地露出无表情的侧脸，下到土间，弓着身子从门口走了出去。

老六一出去，弥弥就站了起来，也下到土间，用木棍闩上门："这样谁也进不来了。"

她一边这么说着，一边从土间回来。然后为荒之介铺好被褥："睡吧！"她自己又开始烧起火来了。

"不用添火了。"荒之介钻进被窝里。

"你可以睡了。"他再次说道。

"那我睡了啊。没想到你这么温柔呢。替我松了绑，还让我睡觉——"

"别忘了当初捆你的也是我。"荒之介订正她的话。

"但是，救了我的也是你，没错啊。"

"不是救你。"

"那又这么样？我偏觉得你救了我。"

荒之介想，这家伙脑子相当奇怪。

"少啰嗦，闭嘴睡吧！"

"你说让我睡觉，不过被褥只有你这一套。"弥弥一边说着，一边站了起来，然后恰恰坐在荒之介的枕边。

荒之介坐起来："你要用美色来诳我吗？"说着瞟了弥弥一眼。

下一秒，弥弥疯狂地紧紧倚靠在荒之介身上。

"笨蛋!"话音未落,弥弥被仰面撞倒。

她起来后,又紧紧攀附在荒之介身上:"我喜欢你。"

"你要再啰嗦,我就再把你绑起来。"

"想绑的话就绑吧,反正我无所谓。绑啊!"弥弥的眼睛熠熠生辉,话语却很平静。

"我喜欢上你了。喜欢得不得了。"弥弥越是兴奋,语调就越安静。

"你喜不喜欢,我怎么知道?"荒之介说。

"你说这种话,我也喜欢。"

"什么?夜叉!你在说梦话吗?"

"你真是多疑啊!"

弥弥第三次靠在他身上。这回很是执拗,紧紧搂住荒之介的右臂,不肯撒手。

荒之介一把按住弥弥,把她右手反转拧起来。

"胳膊要折喽!"

"折就折吧。"

"好!"荒之介真想拧断她的胳膊。

这时,他听到了从山坡上跑下来的马儿嘶叫声。

"等一下!"弥弥说,"快藏起来!"弥弥说着变了脸色。

"为什么要藏起来?"

"不藏起来的话就有生命危险了!因为那人很厉害。快点躲起来!"

"躲起来?"

弥弥知道荒之介根本不想听话,就走到门口,从门缝里窥视户外。

好像有几匹马停在了家门口。弥弥观察了一会儿户外的动静。

"什么呀,是加十次啊!"她自言自语道。又对荒之介大声说:"没关系,加十次的话,说不定你武艺更胜一筹。毕竟你是真正的武士嘛。"

然后,她好像思索了一会儿,吱呀一声打开门,向户外走去。

"我爸呢?"

"不知道。"一个人回答。

"兵太呢?"

"不知道。"

"你自己逃回来的吗?你可真行啊。"弥弥咣的一声把门关上了。

紧接着,门口传来了拼命敲门的声音。

"开门!给我开门!"

"去后边的屋子吧。"

"不要这么无情无义嘛。我都快冻死了,给我喝点热水嘛！"

"烦死了！"

弥弥皱着眉头，走近荒之介，压低声音说："要不干脆把他也绑起来吧？"

荒之介站起来，把檐廊上的门开了一道细缝，看到加十次死皮赖脸待在门口不走，对面还有三个男人同样坐在地上。

荒之介下到土间，打开门走到外面。

"呀！"加十次看到荒之介后对弥弥说，"臭婆娘，怪不得不开门！"

他一边说着，一边手握刀柄站起来。或许由于疲劳过度，或许是胳膊负伤的缘故，腰部颤颤悠悠的。他很有自知之明，索性放弃，颓然坐到地面上："看你得意忘形的样儿，没你好果子吃了。小子，你可要当心喽！要是左卫门来的话——"

正说着，弥弥从旁插话道："左卫门绑在后门的栲树那儿呢。你要是再叽叽歪歪，把你也绑起来！"

"啊，绑起来了？左卫门？"加十次大吃一惊。

"那家伙是傻里傻气的。不过，要是兵太过来看到呢？"

"兵太，兵太，这名字也是你叫的？你一见到他就大气也不敢出！"

弥弥又说:"不想被绑起来的话,就赶紧去后面的房子吧!"

然后,又朝其他三个坐在地上的男人说:"你们别老坐在那儿,快回去吧!"

"我才不回去呢。"加十次仰视着弥弥,眼里满是嫉妒。

"喂,小子,我提醒你一下,别做傻事。"他对一直沉默着的荒之介说。

这种说法刺激了荒之介。荒之介默默靠近他,突然揪起加十次的领子,给他两三个耳光,让他转过身去,一脚踹中他的腰部,把他踢飞了。

加十次以游泳一样的姿势向前跑去,不过,中途勉强站住,回头看看荒之介,一脸恨恶,怏怏地消失在房子后面。其他三个男人也慌里慌张地站了起来,跟在加十次后面。

"这下终于没有碍事的了。来,进屋吧。咦,你不冷吗?"

弥弥好像忆起了自己想做的事,走近荒之介,悄悄握住了他的手。

荒之介那个时候头一次觉得,月光中的弥弥看上去那般美丽迷人。

也许只有这个女人不是夜叉。——不知为什么,他有这种感觉。弥弥虽然粗野无知,但似乎拥有一种夜叉绝对不会拥有的东西。

一进屋，弥弥又紧紧搂住了荒之介。死缠烂打一般，扯也扯不开。

她手臂很坚硬，纤弱的身体却像男孩子一样有力。

荒之介看此情形，已不似刚才那样坚决。他想要推开弥弥，却莫名其妙地做不到。

"我喜欢你。"

这句话他已经听了好几次。弥弥着魔了一般反复念叨着。

"喜欢又能怎样？"荒之介说着，握住了弥弥执拗伸过来的手臂。

荒之介不知道什么叫淫乱，在他眼里弥弥分外纯洁。

长得真漂亮！这样想的时候，年轻的荒之介身体中渐渐地消除了抵抗意识。

荒之介抱住弥弥，稍微露出有些可怕的神情，从上而下俯视着她的脸。

弥弥脸色有些苍白，仰望着荒之介的脸，嘴角微微绽开，牙齿像雪一样白。

之后发生了什么，荒之介就不知道了。他双臂紧紧地环抱着甘美无比的肉体，躺卧了很长时间。

"你真年轻啊！"

"我不是要让你照顾我。"

"我一辈子都不会再离开你,好害怕你会离开啊。"

这些呢喃软语围绕着荒之介。他有种轻飘飘地到处飞来飞去的感觉。

"啊,我做了件蠢事!"荒之介皱着眉头嘟囔。

"你说什么?"弥弥想责备他。不过,她马上改口道:"算了,不管怎样,你总有一天会喜欢上我的。"

"那怎么可能?"

"你叫什么名字?"

"大手荒之介。"

"真是好名字啊!"

"怎么可能?"荒之介就这样睡着了。

不知经过了多少时间,荒之介被猛烈的敲门声吵醒了。门敲得震天响。

荒之介想要坐起来,弥弥的双臂依然缠绕在他颈上。

"喂,有人来了!"荒之介摇晃着还在沉睡的弥弥。

"烦死啦!"不过,她马上注意到了敲门声,冲门口问道:"谁?"

"是我。我要破门而入啦!"

听到声音,弥弥嗖地从被窝里起来:"你快逃吧!"

弥弥一脸认真地注视着荒之介的眼睛。

眼看门要被撞破了,发出咣咣的巨响。

"等一下,我现在就去给你开门!"弥弥说完就下到土间,可又马上折回来:"你快逃吧!"

"逃跑?"荒之介露出意外的表情。

"不逃不行啊!那人不是一般的厉害。非常强悍!"

"不过是野武士而已!"

"不,不行!你会被揍得满地找牙的。"

"谁满地找牙还不一定呢。你不是说喜欢有本事的男人吗?"

"以前是这样。但是,你不一样,你即便没本事也没关系。"

"有没有本事,拭目以待。"

荒之介站起来,弥弥却拼命地拽住他的双腿。

"不行,逃吧!平常就很厉害,现在他以为你夺走了我,就更不得了啦!"

"你是外面那个男人的女人吗?"

"是的。"弥弥毫不避讳,坦率地回答道。

"什么事嘛!外面那家伙原来是你男人啊!"荒之介这么一说,登时觉得有些理亏,俨然自己做了错事。

即便在这段时间,户外的怒号也没有停止。不久,咣当一声,门从外向里轰然倒塌。

"快逃!"弥弥大声疾呼。

"来吧!"荒之介拔刀准备。

他一见闯进房子里的男人,便知对方绝非等闲之辈。

藤堂兵太端着宽刃枪,一步踏上榻榻米前的台阶。

他一言不发,徐徐迈到榻榻米上。

弥弥露出绝望的表情:"我会跟你说清楚的。"

这样说着,她不顾一切地挡在兵太的枪尖前。就在这时,弥弥的身体被枪杆弹了出去,往后退了一两米。

"快逃!"弥弥倒在地上仍然在喊叫。看到弥弥拼命的表情,荒之介想:罢了,我就听你的,逃走吧。

"把女人还给我!"兵太第一次开口了。

"这就还给你!"说罢,荒之介纵身一跃,到了土间。

他从土间跑到月光里,伴随着自己的黑影一起奔跑。最后逃得只剩下一个背影。

兵太没有追赶逃走的荒之介。

"弥弥!"他尖声叫道。这时弥弥还站在门口,望着荒之介向后山远遁而去。

他朝弥弥走去:"弥弥!"

"吵什么吵!"弥弥不高兴地回答,也没有回头。

兵太从来没有见过这么怒气冲冲的弥弥。

"你偷汉子了!"

"哪有偷汉子？"

"那么，那个男的是怎么回事？"

"我喜欢上他了。打心底里。"

"什么？你再说一遍！"

"说几次都可以。我喜欢上他了。打心底里。"弥弥依旧背对着他说。

她突然想到了什么："我爸呢？"她第一次把脸朝向兵太。

"不知道。你爸很快就会回来的，不会有事的。"

"讨厌。爸爸没回来，那个人又不知去向。"

"喂！"兵太用力抓住弥弥的手臂。

"我知道你做了什么。但是，我就当什么都不知道，权当没发生过吧。"

"你什么意思？"

"我说了，就当作什么都没有！"兵太说。语气有点儿怯。

"不能那样说。有就是有。"

"什么？"兵太一气之下把弥弥猛然推开，但当弥弥往后仰的时候，却狠不下心，再次用双手紧紧抱住弥弥的身体。

"就算有也没关系。只要你嘴上说没有就行。"兵太瞠视着弥弥。

"啊，你脸色好难看！"

"你就不能说没有吗？"

"那样说也没用，因为已经有了嘛。"这样一来，兵太也束手无策。

"他到底是什么来路？"

"我怎么会知道？"

"你至少知道名字吧。"

虽然弥弥知道他的名字，但是不想告诉他。她想大手荒之介这个名字，除了自己以外，谁都不告诉。

"我虽然知道，但是不想告诉你。"弥弥清清楚楚地说。

说完后，她突然想一个人待着了。虽然她有过很多男人，但是，荒之介是她自打出生以来第一个喜欢的男人。

藤堂兵太喜欢弥弥。弥弥让他自打娘胎出生以来第一次知道女人的可爱。

兵太觉得弥弥浑身上下每个地方都很可爱。她是那种一离开视线，就不知能做出什么的女人。她的粗野，她的无知，她的侠义……她的全部，在兵太看来都是如此美丽而富有魅力。

活到这把年纪，兵太还一直与恐惧无缘，但自从知道了弥弥之后，才第一次知道了恐惧。——他害怕弥弥不知何时会逃出自己的手掌心。

这种恐惧自从认识弥弥之后,一直到今天,片刻也不曾离开他。原本把弥弥的心拴在自己身上的,唯有自己的强悍。仅此而已。

诚然,他对于自己的强悍充满信心,不过,除此以外,周身上下没有一样能夸口的优点。

他对自己的容颜没有自信。相貌粗犷,胡子长得乱七八糟,连自己都觉得丑陋不堪,更不用提旁人了。再有就是笨嘴拙舌,怎么也吐不出甜言蜜语。最后一想年龄,就更加绝望了。即便说弥弥是自己的女儿,别人也会相信的。

除了强悍之外,兵太在弥弥面前一点自信都没有。

他知道弥弥总有一天会离开自己。那一天迟早会到来的。那就是弥弥对自己的强悍失去兴趣的时候。

兵太惴惴不安地走到了今天,但是,他还是没料到,他所害怕的事情这么快就变成了现实。

"什么嘛,那小子!一个大男人溜得贼快,真是没出息!"兵太说。

"不是他逃跑了。是我把他放跑了。"弥弥偏袒荒之介。

"是我硬逼着他逃跑的。我怕他跟你干仗会吃亏。"

"你为什么要向着那个尿货?"

"他尿我也喜欢!"

兵太暗叫不好,这下子完了。

"你不是讨厌尿货吗?"

"确实,我更喜欢强壮的人,不过那个人除外。"弥弥坦然说道。

兵太真想杀掉那个男人。

"你也去后面的房子吧!"弥弥命令兵太。

兵太感到事情正朝着不好的方向发展。

"为什么要说这么狠心的话?今晚我要睡在这里。"

"我讨厌。"

"没什么,就算我住在这里,也不是要对你怎么样。"

"总之,我讨厌。我想一个人静一静。快去后面的房子吧!加十次也在那边。"

"今晚你怎么了?"

"你知道我怎么了。"

兵太无计可施。

"你就是在这里跟那个男的睡的?"兵太眼冒火星,瞪着围炉旁的床铺。

"哪有啊。"弥弥没了平日里的伶牙俐齿,只是含糊其词。这是她第一次露出羞涩的神情。

"我不爱听你的怪话!"然后,她霞飞双颊,一个人下到土间,走到户外。因为她怕被兵太看到自己脸上的绯红。

弥弥走出月光洒落的庭院时,想起了被绑在树上的左卫门。

弥弥的心变得柔软起来。绕到后门，登上后山，看到左卫门依旧紧贴在粗壮的树根上。

左卫门好像知道有人走过来了，立刻发出与硕大身躯不相称的尖叫声："救命啊！"

"傻瓜，别乱喊乱叫了，安静！"弥弥把他的绳子解开了。

"冻坏了吧？"弥弥说。

左卫门问："那家伙还在吗？"一脸不放心的样子。

"已经不在了。"

"还回来吗？"

"不回来了吧。"说完，一阵寂寞袭上心头。

得知荒之介不在，左卫门眼睛闪过一阵贼光。

"你绑了我，又给我解开，简直任意妄为。我本来不能原谅你，但还是原谅你吧。"他这样说着，径直抓起弥弥的手。

"兵太！"弥弥大叫。然后她威胁说："你要是敢起坏心眼，就要你小命。别忘了兵太在呢！"

"什么？那家伙回来了？"左卫门立刻变得畏畏缩缩。

弥弥扇了左卫门两巴掌。

出征

明智光秀接到派往中国地区①的命令是在五月十七日中午。

当时光秀正逗留在安土城，这条命令完全出乎他的预料。秀吉正出兵中国地区，与毛利氏争斗，逐渐蚕食毛利的领地。信长派遣光秀去支援秀吉作战。

早有人快马加鞭从安土捎信给光秀平素所居住的坂本城。当天傍晚，坂本城的将士们就都知道了出兵中国地区的消息。

城里也好，城下也罢，人们沸沸扬扬地议论起这次的出兵命令来。几乎所有人都认为其背后必有隐情。有人说光秀因犯了重大过失而被处分，有人说光秀不受信长待见才会被贬职。各种揣测传得有鼻子有眼。

不管怎样，明智军突然被派往中国战场，明智的将士们

---

①位于本州西部,包括现在的鸟取县、岛根县、冈山县、广岛县、山口县等五县。

并不觉得欢欣鼓舞。

第二天，光秀以自己的名义公布了出征中国的消息，命令将士们先在丹波龟山城集合，然后再奔赴中国战场。

坂本合城上下，一阵忙乱。武士们军官和士兵们都紧急做着出征的准备。

叡山脚下，前不久新建了一栋武士宿舍。在那里的酒部隼人也接到了出兵的命令。不过，这个位于比睿山脚下的武士宿舍比其他地方安静许多。因为聚集在这里的都是新投靠明智的武田残党。对他们来说，有仗打总比没仗打要强。要是没有战争，这些新来的人便没机会出人头地。

近几年来，他们在穷兵黩武的胜赖的指挥下，早已把打仗当作家常便饭。

这次作为威风凛凛的织田军的一翼出征，他们感觉胜利在望，与之前被动防守的境地相比，有天壤之别。

从甲斐开始，隼人就与千里出双入对。虽然在外人看来是很登对的夫妇，但实际上两人只不过共同生活而已。千里无依无靠，就在神户伊织的劝说下，和隼人一起来到了坂本。

隼人虽然笃定总有一天要娶千里为妻，但是与生俱来的性格使他并没有去勉强千里。千里在隼人身边照顾他的生活起居，同住一个屋檐下，却无法想象隼人会成为自己丈夫。

明智公布要出征中国地区消息的那一天，隼人回家对千里说："要是出征中国的话，少则一年，甚至一年半，我都回不来了。"

当他突然意识到这句话很像一个普通丈夫对妻子说的话，不禁觉得有些可笑。

"这么长时间您不在，我会觉得孤单的。"千里也像普通的妻子那样说。

"真有意思。昔日以信长为敌的我，这次却作为信长的部下出征。"

"是部下的部下啊。"千里更正道。

"准确地说，是部下的部下的部下吧。"

隼人笑了。千里受到感染，不禁也笑起来。

隼人望着笑靥如花的千里，心想：我俩在出征前还能这样有说有笑，看来是近在咫尺远在天涯啊。如果我们已经结为夫妻的话，我肯定会对千里牵肠挂肚，千里也无法对我露出这般灿烂的笑脸吧。

想到两人就此无牵无挂地别过，隼人心头掠过一丝寂寞，很快又觉得这样也好。他见过同事们前仆后继不断丧命，也见过很多妻子和孩子因丈夫和父亲去世而陷入不幸深渊。悲剧在周围轮番上演，他目睹了太多，甚至都有些麻木了。

唯有一人令隼人耿耿于怀，那就是大手荒之介。

当初千里之所以同意随自己来坂本，是不是因为其心灵深处所隐藏的对荒之介的情愫呢？每当隼人涌起这种怀疑的时候，总是郁闷不已。

不去主动求娶千里的心情，与对荒之介的嫉妒之情是自相矛盾的。但是，隼人的心中同时涌流着这两种乍看之下自相矛盾的感情。

二十五日早上，明智的将士从坂本城出发去龟山。

清晨，千里送隼人前往城外广场列队，陪他一直走到武士宿舍的尽头。初夏的阳光倾泻在前方的琵琶湖面上，波光粼粼，闪闪发光。

此时此刻，千里觉得自己是个恶人，是个冷酷无情的女人。送隼人奔赴沙场，她既没有一点儿离别的悲伤，也没有恋恋不舍。

"天气变热了。"千里说。不知什么原因，她感到寂寞难熬。

二十九日，进入丹波龟山城的明智部队的武士们领到了火枪的弹药，并要将上百件行李运往中国地区。傍晚，两百多名武士簇拥着马背上驮载的行李，出了龟山城。由此推断，最迟三四天内主队也会前往中国。

到了六月一日。申时（下午四时），奔赴京都的信长派使者传达命令说，因为要点验出动的部队，所以须先在京都集合。部队全体人员立即做出发的准备，酉时（下午六时），在龟山之东的柴野部落集合了。

此时，隼人第一次看到了总帅明智光秀的模样。那是一位脸色苍白、面无表情、看起来有些神经质的武将。

光秀将全军分为三批，并列排成三个梯队，骑马徐徐进入各梯队之间。

隼人大跌眼镜，觉得光秀的外貌与想象中完全不同。光秀的脸像戴着能乐面具一样喜怒不形于色，眉间带有拒人千里的冰冷。

部队进行了点名，全体共计一万三千余人。光秀点完名之后，往南纵马驰骋了一百多米。紧随其后的是一名相貌堂堂的武将。

"那是谁啊？"隼人询问旁边的武士。

"明智左马助。"马上有人回答。

明智左马助在明智武将中出类拔萃，早已威名远扬。在甲斐的时候隼人就久仰其名，今日得见真容，果然名不虚传。

左马助很快拨马返回。然后他叫上五六名武将，一起驱马往光秀所在的地方奔去。光秀翻身下马，将包袱皮铺在草地上，坐到上面。他离隼人他们很遥远，人显得很小。不久，六名武将也纷纷下马，围坐在光秀四周。

"他们在做什么呢？"隼人后面有人问。

"在商量事情吧？"

"这不明摆着吗？闭嘴！"

隼人听到大家这样扯着闲话。一群武将不知道在谋划什么，许久一动不动地坐在那儿。在隼人看来，他们简直就像几个摆在那里的人偶。

有人打了个哈欠。

"我们也坐下来吧。"也有人这样说。

隼人坐下来仰望天空。黄昏时分的天空，云彩如箭一般向西飞驰。

隼人远远地眺望着那没完没了的谈话现场。在甲斐国，武田的武将们从未见过这种场面：在排兵布阵完成之后，军官们还离开部队去密谋军情。

直到夜色降临在平原上，彼此无法辨认面目，武将们才站了起来。

除了左马助仍然单骑伫立原地之外，其他武将们骑马徐徐朝这边走来。

落在最后的左马助突然勒住马缰，使马儿扬起前蹄直立起来，然后出乎意料地向别的方向飞奔而去，复又往这边拨转马首。

当他来到排成三个梯队的队伍跟前，勒住马，吩咐全体人员整好队后，大声喊道："从现在开始，到京都共五里路程，凌晨到达。务必小心谨慎，不要发生事故！"

说完这些，左马助又信马由缰地向南方驰去。

隼人此时觉出蹊跷：刚才还威风凛凛的左马助，现在怎么失去了沉着冷静？

部队出动了。一种说不清道不明的异样之感充斥在行进队伍当中。中途走了一里左右，部队的前方赶来一骑。

"现在开始禁止交谈，保持安静，加快速度！"说完，马向后方奔去。

走了三里左右时，前方传来小憩的命令。于是，部队暂停行进，武士们在路旁坐下。草地被夜露打湿了。

黑暗中又有一骑飞奔过来："大家听好了！"像是左马助的声音。

"徒步前进的人要穿新草鞋。持火枪的人要将火绳锯成一尺五寸。"左马助说完，又疾驰而去。

同样的喊声也在队伍的后方响起。

隼人感觉非同寻常。

部队继续往前行进了一里地，在一个小部落里用了兵粮。

"让马好好歇息!"左马助像刚才一样，在冗长行列的各段停下马来发号施令。

接下来一口气行至桂川附近。这时，天上到处闪耀着蓝蓝的星星。在桂川前面，部队停止了行进。

"把火绳点燃起来，每人五根，火头朝下!"左助马又跑过来说。

隼人感到身体战栗不已。火绳上点火说明事态紧急，是战斗即将开始的征兆。谋反二字在酒部隼人的脑海中如电光般闪过。

左马助复又大叫："给我听着!从今天开始，我们日向守大人将取代信长掌管天下。哪怕是提鞋的人，也能建立功勋，飞黄腾达。大家一定要奋勇向前，全力以赴，效忠主公!接下来夜袭信长下榻的本能寺!"

左马助一发布完命令，绵延不绝的队列中喧嚣声四起。武士们口中发出的意义不明的声音汇集在一起。

既不是感叹，也不是诅咒。而是当命运在这一瞬间被无法掌控的外力猝然扭转后，心底涌起的难以名状的情感的宣泄。

武士们胡乱蠕动着身体。数百人仰望天空，云缝里露出点点星光。数百人低头望地，绿草湿润，草间的小石头骨碌骨碌地滚着。

隼人打量了一下即将成为叛徒的自己，心里并没有什么恐惧。

信长直到不久前还是他所属的武田阵营的敌人。如今信长再次变成敌人，对于隼人来说没有任何心理障碍。只不过，他刚刚投身织田信长的阵营，好容易安生下来，如今波澜再生，全新的命运仿佛怒涛一般将他吞噬。

前途未卜。前方等待他的究竟是幸福的日子，还是暗无天日的生活，一切都是未知数。但是，毋庸置疑的是，明天会与今天截然不同。

部队开始前进，开始渡过桂川。隼人一边溅起水花，一边听到有人在背后窃窃私语："我们能打胜仗吧？"

隼人听到后，没好气地说："鬼才知道。事到如今只能奋力一搏了！"

不久，部队进入京都城。尚在睡梦中的人家静悄悄地分列道路两旁。黎明将至，不过四周仍然昏暗。

部队突然停了下来。

"各组都以本能寺的森林为目标，奋勇杀敌吧！攻击重点是皂荚林和竹丛！"这次不是左马助，而是一位更年轻的武将的声音。

隼人被编入三十人左右的小组里。黑天摸地，看不清别人的脸，也不知道指挥是谁。

突然，法螺号吹响，战鼓声震天。

等隼人反应过来的时候，自己已经跑出老远。左右两边，明智的武士们像黑色的浪潮一样奔流。

武士们在悄无声息的大路上奔跑了几百米，拐过好几个九十度的弯。隼人早已把皂荚林和竹丛的事抛到九霄云外，只是随波逐流跟着一帮武士们奔跑着。

远处传来鼓噪声和枪击声。

隼人穿过一座气派的大门，冲进院子里。院子里早已被武士们堵得水泄不通。

既然是交战，隼人很想与敌人交锋，但根本看不到敌人。同伙的武士们挥刀乱舞，在公馆的周围跑来跑去。

不过，在后门那个方向，鼓噪声骤然变大，枪声也愈加猛烈。

五六扇防雨门被推倒在地，隼人和几名武士踏着防雨门走进公馆内。

公馆里已经有几十名明智的武士们，一个个青面獠牙，忽而扑到左边，忽而扑到右边。

"信长呢？信长在哪里？"一名中年武士迎面撞上隼人。

对方斜眼瞪着隼人吼道："信长的卧室在哪里？"

"不知道。"

"哼！混蛋！"

本就许多人摩肩接踵，行动不便，那个武士却还冲着周围的人大吼大叫："喂！让开！要不然杀了你们！"然后，挥刀一阵乱砍，俨然已经疯癫。

身旁的武士们为了躲避他的刀锋而纷纷倒卧地上。隼人踩着倒卧在地的那些人的身体，向檐廊方向移动。

这时，离隼人四五米远的地方，有两三扇防雨门被掀到户外了。

天已蒙蒙亮。黎明的曙光漂进本能寺的庭院里。隼人忍不住打量了一下庭院。庭院比他想象的要小巧，有假山、植被和由相隔的石块连缀成的甬道，幽静雅致，宛如世外桃源。

那里倒着几名武士。谁也没有穿护甲，只身着寝衣，横七竖八地俯伏在地上。

他们肯定是自尽的，隼人想。

庭院是少有的尚未被明智军团糟蹋的地方。可能因为庭院被两栋建筑物包裹在中间，不引人注目，才逃过此劫。

隼人跳到庭院里。鼓噪声没了，枪声也歇了。这场战争似乎已经结束了。

没想到隼人来到庭院之后，二三十名武士也蜂拥而至。其中有几人许是想切下自杀者们的首级，纷纷扑向他们的尸体。

隼人推开其中两三人，吼道："住手！"

隼人莫名地义愤填膺，伸开双手挡到一具尸体前面。

"你算什么东西？"一个人向隼人逼近。

"你们要盗取自尽者的首级？这也配当明智的武士？"

隼人说完就揪住那人的领子，扭住他的身体从右向左转了两圈，然后松开了手。那人的身体侧着飞出三米多远，扑通一声砸到地面上。

可能是被这阵势吓住了，其他人畏畏缩缩不再上前。

自杀者们大都是孩子，像是侍童的样子。大都生得眉清目秀，微微张着口，惹人怜爱。

集合的法螺号响了，战鼓敲了起来。

没能与敌人交锋的武士们，悻悻地到前院去集合。前院熙熙攘攘满是明智的武士们。

隼人看到军官们已在离武士们稍远一点的地方集合完毕。光秀依然面无表情地坐在马扎上，只有左马助骑着马，像在龟山城时那样，缓缓地踱来踱去。

光秀面前铺着一张席子，上面摆着几个首级，脸都是朝光秀的方向摆放。其中恐怕也有织田信长的首级。

不久，武士们整齐地列队完毕。

"我向大家宣布：我们已经取得信长的首级！现在马上向二条方向进攻！禁止烧杀抢掠！违令者斩！"左马助说。

一字一顿，表明他还没有从亢奋状态摆脱出来。

但是，掠夺似乎已然发生，京都城镇的西南方向，烟雾呼呼冒出，不时有呐喊声随风飘来。

隼人把视线投向光秀面前陈列的首级。信长灭掉武田家族，何等威风凛凛，如今居然沦为一个首级摆在那里，真是三十年河东三十年河西啊！

这到底是为什么呢？

隼人差点笑出声来，不得不拼命忍着。

这当儿，火苗蹿到了隼人他们队伍前方的建筑物上。浓烟滚滚，火舌很快舔噬着公馆。

部队移动了位置。火灰掉在列阵的武士们头上。

部队走出本能寺，向信忠下榻的妙觉寺方向进发。

顷刻间，京城的城镇已是大变样。每条道上都挤满了仓皇避难的居民。

明智的武士们一个接一个地超过了难民。不知何时，一股莫名的兴奋劲儿俘获了武士们的心。他们眼花缭乱地舞动着已出鞘的大刀，不等命令便开始跑起来。

嗄！嗄！

令人毛骨悚然的呐喊声从武士们的口中发出。

二条皇宫附近成了战场。二三十人组成的织田武士们不时从街角和树荫处飞奔出来。每当这时，明智部队的武士们就都一股脑儿涌向那里。枪声四处可闻，以本能寺为中心的京城一角烟雾弥漫，不知不觉间已遮天蔽日，太阳也黯淡无光。

在一座大寺庙前面，隼人的部队突然接到停止的命令。他才发现在那里逗留了大约一千多名武士。

二条城已经被一线部队攻陷，信忠自杀啦，或者被活捉啦，这样的流言在武士们中间不胫而走。

隼人一屁股坐到路边。虽然没有进行像样的战斗，但已经身心俱疲。

避难者络绎不绝地从隼人身旁经过。

不时有骑马武者奔驰而过。有时两三骑一起经过，有时单枪匹马经过。

"明智大人终于掌管天下了！真厉害！以后说不定我们也时来运转了。"一名不知道哪支部队的陌生武士凑过来跟隼人说话。那人的脸因布满灰尘而黑不溜秋的。

隼人沉默不语。好日子不会来吧。不知为何他有种不祥的预感。仅凭这区区夜袭就能夺得天下吗？会有这等便宜的事？

隼人感到一种从未经历过、无法言状的无力感。

"啊，真是厌倦了！"隼人不禁自言自语。他开始懊悔在明智家任职。这并不是对光秀的反感，而是对他遭遇的种种突如其来的事情的厌恶感。

"千里!"

隼人站了起来。枪声连续响在附近。

列队的命令传来。那里的武士们聚集在一个地方,排成几个梯队。

有几个骑马武者来到部队面前,其中一人便是明智左马助。

他像昨天一样骑马四处梭巡,不久来到部队前面说:"现在开始出发去近江。由于合战,队伍混乱,所属部队也混杂在一起。从现在开始,这里的人暂且都归我左马助指挥。之后去坂本、安土方向。合战很快揭开序幕。大家的性命都由我明智左马助负责。明白吗?"

撂下这些话,他纵马往前奔去。

隼人松了一口气。与其留在这阴森森的城市,不如去攻打安土城。

而且,说不定可以回到坂本,回到千里那儿去。这种与眼前形势八竿子打不着的想法,反倒使隼人平添了很大勇气。

部队走出混乱的京都。烧杀抢掠无处不在。半疯狂的明智武士们丑陋的身影,出没在各个胡同小巷。

但是,左马助睬都不睬,径自指挥着自己的部队离开了。

虽然同属明智的武士，但对掠夺者却没有加以制止，任其恣意横行。这让隼人感受到了事态的严峻。也就是说，比起制止掠夺者，有更重大的任务在等待着左马助。

部队离开京都的城区，取道山科。

途中部队只在山坡上休息了一次，那里他能够俯瞰山科的人家。

刚刚离开的京都，天空已被烧红，因为烟雾，山科附近也一片昏暗，根本不像白昼。

当隼人得知部队不取道坂本，而是经过濑田向安土进发时，他想再见千里一次的心情愈加强烈。

在向中国战场出发的时候，隼人并没有这么多儿女情长。如今事态不可遏制，已经演变成谋反，他才突然觉得对千里的思慕是这个世界上唯一有价值的东西。

安土会有激战吧？说不定自己要没命了。死也没关系，但是，死之前有一件事必须做，那就是再见千里一次。

隼人站起来的时候，已经在考虑如何逃亡。

要是拐到濑田的本道上就太迟了。他必须尽快离开部队，沿着山坡走到坂本城下。

隼人放慢脚步，逐渐落到行列的末尾。

隼人排在队伍的最后，行进了一会儿。来到灌木繁茂的小丘陵背面的时候,他大摇大摆地走进那灌木丛中去了。

"喂,你去哪儿?"一个武士问。

那声音不是责怪,而是对于他突然走进灌木丛中这件事已经产生了怀疑。

"我很快追上你们!"隼人大喊着,走进茂密的草丛中去了。

那里是丘陵的非常陡峭的斜坡,斜坡上长满了灌木。

他抓住树枝往下滑行了一百多米,觉得总算安全了。部队正在着急奔赴新战场,应该不会为了一个逃兵而集体返回。

他原以为斜坡应该最终通到平坦的山谷里。但是斜坡突然变得异常陡峭,隼人心里大叫一声,不好!碰到断崖了!

于是,他又开始沿着悬崖斜着下滑。哪怕是羊肠小道也行,他真想能找到平坦的道路。但是,越走越是连绵不绝的灌木丛。

他继续艰难行走了相当长时间内,突然一脚踩空了。从悬崖上坠下几米后,被抛到了平坦的地方。

那是山白竹丛。一种蓬松柔软的触感包围了隼人的全身。

他站起身来,发现坡度变缓了,山白竹如海洋般一望无际,绵延不绝。

隼人顿时放松地坐下来。

这时，"谁？"一个粗鲁的声音响起。只闻其声，不见其人。

"是谁？"那人又问一遍。

隼人不敢轻易作声。他小心翼翼地环视四周，伫立在那里。一个人影都见不到，只有山白竹的波浪在阳光下闪耀着。它在隼人的眼中显得空虚又宁静。

"报上名来！"

"我干吗要报名字？要报你先报！"隼人回应。

"是明智的武士吗？"

隼人对此沉默着。声音似乎从十多米远的山白竹丛里传来。

隼人怔了半晌，不耐烦起来，大声叫道："当然是明智的人！"

这次，过了很久对方都不再出声。这让隼人不由得心慌。

一望无际的山白竹林依然阳光明媚。这种寂静不像现实世界。繁茂的山白竹还在哗哗作响。

"明智的士兵的话，很遗憾，我必须砍你的头。"说着，一名戴着护甲的武士非常悠闲地站起身来。

"啊！"对方惊讶地叫出声来。

同时，隼人也叫了起来："是你！"说着，他后退了两三步。竟然是大手荒之介。

"哼！"荒之介直挺挺地站在那里，"你们跟仇敌混成一伙了。既然是叛乱阵营的人，按理说该砍掉你的头。不过我还是放过你吧？"

他压根儿没把隼人放在眼里，似乎真的在思考着是否要放过隼人。

与荒之介不同，隼人迫切地想杀掉对方。上次在新府城门旁边的突袭失败了，这次一定要结束他的性命。

隼人大摇大摆地走向对方，出其不意地拔刀砍去。

"卑鄙小人！"荒之介高呼，连忙往后退了几步。

隼人不给对方摆好架势的机会，踏步向前再用力斩下，如此反复数次。他的刀砍到了荒之介的胳膊、肩膀，但都只是轻伤。

荒之介好不容易才重新站稳脚跟。然后在山白竹丛生的斜坡上，两人隔着近两米的距离对峙着。

"原来是你！"荒之介的口中发出的喊声充满憎恨。

"原来是你这个混蛋！"他气喘吁吁地大叫。

"的确如此。"

"我与你无冤无仇，为何袭击我？"

"你还不明白吗？千里是我的女人！"

"千里?"然后,他略顿了一会儿说:"你是说那个女人吗?"

"你竟敢夺走她的心!"

"我没有!夜叉,那个女人是夜叉!你们合起伙来想杀我!"

"那天的事情千里根本不知情。你死到临头了,我就告诉你,袭击你是我一个人的主意,她完全不知道。"

"什么?"

两个人的身体不谋而合地剧烈撞击,复又分开。

二人在山坡上斗得难解难分。

这时,一支箭飞来,从二人当中穿过。

荒之介和隼人都大惊失色,立刻趴到地上。两人慢慢地各自往后退。

从一旁飞来的箭,让两人立时都谨慎起来。因为不知何时第二支箭会飞来,也不知道瞄准的是谁。

不过,隼人无论如何想趁此机会把荒之介干掉。虽然也可能被对方杀死,但那也要一决胜负。委身叛军这一点已经让他自暴自弃。

荒之介则一反常态地慎重起来。突然得知并不是千里怂恿隼人杀掉自己,他对千里的思慕之情立时高涨。他想杀掉对方,但万万不想让自己受伤。正值织田家生死存亡的关键时刻，绝不能因为一些微不足道的事，而落于人后，错失良机。

明智的叛乱，荒之介是去联络濑田城时听说的。

明智军队横扫了京都，必然会乘胜杀到安土，那样叛军必会通过濑田。

濑田的城主山冈景隆一向非常反感明智。但是他会采取何种态度，荒之介也没有把握。也许山冈不会屈从于明智阵营，会在濑田与叛军大战一场。那样的话，荒之介可不想在濑田阵亡，因为不想白白送死。反过来说，濑田投靠明智阵营的话更是如此。

荒之介立马离开了濑城。他想进安土城，但现在去安土已是无望。如果京都的信忠活着的话，他打算投奔那里。

之后，在去京都的途中，他与明智的一线部队不期而遇，为了躲开他们才下到山谷。出乎意料地在这里遇到隼人，展开了殊死搏斗。

荒之介和隼人保持一定间隔，相互横眉冷对。这时另外有箭飞来了。一支、两支，然后数支一齐射了过来。

与此同时，鼓噪声在丘陵顶部响起。几个人从斜坡上走下来。

隼人一眼便知这是明智的部队。失去控制的部队武士们杀红了眼，疯狂到见人就杀的地步。

隼人一回头，荒之介已经背对隼人逃跑了。

"别让他跑了，快追！"隼人一边高呼，一边去追荒之介。

涌来的明智的武士们也跟在荒之介的后面猛追。

山白竹的斜坡很难跑起来。他带着强烈的除掉荒之介的愿望，攀上山崖，想从悬崖上阻截荒之介。

山白竹的海洋消失了，前方是怪石突兀的陡坡，向着山谷急转而下。

几支箭越过隼人的头部，落在前方驻足的荒之介的周围。隼人一抬眼，忽然荒之介的身影就消失了。荒之介纵身一跃的情景，鲜明地映入隼人的眼帘。

隼人呆呆地站着断崖上，往下俯瞰。荒之介应该是从这里跳下去了，恐怕命丧黄泉了。

这时明智的几名武士也匆匆赶来："怎么了？逃跑了吗？"

"从这里跳下去了。"

"可恶！"

"你们要去哪里？"隼人回过神来，再次问道。

"我们哪里知道！只是把敌人一个个全杀光而已！"

武士们一个个目露凶光，杀气腾腾。他们被一种自己也无法理解的自暴自弃的情绪所支配。

隼人与武士们一起又爬上山坡，攀上山崖，来到山白竹的海洋，从那里又向山崖攀登。

等爬到山顶背面的时候，明智的第二批部队已经不见了。

"看来我们耽误了不少时间！"一个人说。

"走吧，现在我们去攻破濑田，直捣安土。"另一个人的说话口气俨然是统帅光秀。

"濑田和安土，不费一兵一卒就能攻下吧。事已至此，不会有哪个傻瓜不买明智的账吧！"第三个人自以为是地做出乐观的预测。

只有隼人沉默不语，单单和他们一起走着。

他一度成功逃脱了，遇到荒之介，结果又与明智的杂兵们碰到一处了。

走了一刻钟，看到了琵琶湖。蔚蓝的湖面微波荡漾，如舒展开的羽毛一般扩散开去。

"喂，你瞧那烟，岂不是濑田城被烧了吗？"

经他这么一说，隼人望向濑田的方向，果真烟雾弥漫。那绝不是普通的烟。滚滚浓烟已经遮蔽了天空一角。

从升腾的烟雾来看，应该是濑田城主山冈景隆拒绝开城，与明智部队交战了吧。

武士们情不自禁地奔跑起来，隼人也混迹其中奔跑着。

站在特殊立场上的明智武士们的亢奋，终于也感染了隼人。

前方传来鼓噪声。

"喂，这次好像是敌人！"有人喊。

闻言，武士们往四面八方逃窜。有的转身往回跑，也有的顺斜坡跑了。

隼人躲在山坡上的灌木丛里。不久，几十名武士沿着此前隼人走过的路，往相反的方向逃窜。看起来像是逃亡的濑田城的武士们。

战场上终于混乱起来。

遥远的湖面上，暮色悄悄降临。

重逢

荒之介半睡半醒,迷迷糊糊。他感觉身体长时间地左摇右晃。

他还记得被隼人和明智的武士们穷追不舍、跳下悬崖的情形,却不记得后来发生的事情。断断续续支离破碎的记忆随着身子一起晃动。

曾有人背过他,把他平躺放在地上;曾有人窃窃私语向他打听什么;还有很多人一度围住他,七嘴八舌地议论。

过去的事姑且不提,此时此刻他正躺在门板之类的东西上摇晃着,却是千真万确的事实。他四脚朝天正好可以仰望夜空,却看不见一颗星星。

"你是哪家的武士?报上名来!"突然,摇晃停止了,荒之介听到有人这样问。

他慎之又慎,生怕稀里糊涂说漏了嘴,造成无法挽回的后果。

"唔唔……"他呻吟一声。

"你看他连嘴都张不开!"

"把他扔到那里算了!"有人这样说。

"连你的名字都说不出来吗?你的名字!"那人又说。

"唔唔……"荒之介用呻吟代替回答。

"如果不是明智武士的话,就索性杀了他吧!就算错杀无辜,也不过一杂兵而已!"

荒之介瞬间明白自己落入了明智武士的手中。如果脑袋搬家的话可就大事不妙了。

扑通一声,他被扔在地上。此刻他才注意到,周围燃着熊熊篝火,裹着护甲的几条腿包围着自己。

荒之介感到杀身之祸近在眼前。难道就这样坐以待毙吗?荒之介蠕动了一下身子。

"杀掉他吗?"一个人说道。

"喂,酒部隼人,帮我叫酒部隼人来。"荒之介脱口而出。

"喂,酒部隼人……"他急中生智,觉得喊明智武士的名字总比等死强。

"什么?酒部隼人?"

"这个名字好像在哪儿听过。"二人异口同声地说。

"我想拜托隼人。请叫酒部隼人来。"荒之介重复着同样的话,就好像这是唯一能让他脱身的咒语一般。

如果隼人真的出现反倒麻烦了，但荒之介现在哪里顾得上这些。

"嗨，酒部隼人！"他又吼了几次。

"扔到寺庙去吧！"一个人说。

荒之介又被放在门板上摇晃起来。

这时，荒之介完全清醒了。他很想知道身在何处，不过他按捺住好奇不敢出声。

他被拉到寺庙的正殿，卸到地板上。

周围都躺着垂死挣扎的武士们。尚未死亡的证据是他们口中发出的或大或小的呻吟声。

荒之介立刻明白这里是伤者收容所，庆幸自己逃过一劫。

进了明智阵营的收容所固然很棘手，但是，能够在伤员中鱼目混珠，可以说是不幸中的万幸。在这里既不用担心被问到名字，也不用担心被审讯。

于是，疲劳至极的荒之介摆了个舒服的姿势便沉沉睡去。

许久之后，荒之介悠悠醒来。

他浑身痛得无法动弹，吃力地交替移动左右手，窸窸窣窣地摸了摸身体的其他部位。全身有一些跌打伤和擦伤，幸好没有骨折。

房间有几十张榻榻米那么大，里面密密麻麻躺满武士。武士们口中不时发出呻吟声。

他越过几十名武士的身躯，看到令人头晕目眩的阳光从院子照射进来。已是正午时分。

"这到底是哪里？"荒之介仰起头自言自语地问。

周围都是呻吟声，没人搭理他。

荒之介决定暂且留在这里休养，等到能走动了，还是走为上策。待在明智的阵营本就危险，以后若被误做叛军一员可就百口莫辩哭诉无门了。

过了半个小时，正殿入口突然一阵骚动，二十多名女人走了进来。

忽然一个女人嚎啕大哭起来。她说的话听不真切，不过听起来声泪俱下。

荒之介了然，这肯定是武士的妻女们来寻找丈夫或父亲是否在这里的。

荒之介有意无意往右边扭头望了一下，却大吃一惊。那个女人站在与他相隔三四个伤者的地方，怎么看都像是千里！自己断不会认错！

那女人也怔怔地望着荒之介。

荒之介不禁想挣扎起身。

荒之介浑然不自觉地从地板上支起了上半身。本该抬不起来的上半身,却不知不觉间立了起来。

千里走近,死死盯着荒之介,差点哭出来。

"是大手先生,大手荒之介先生吗?"声音多少有些颤抖,但很清晰。

"的确如此。"荒之介说,"千里小姐?在新府城没有见到你啊。"

荒之介眼睛一眨不眨,连千里脸上任何一个微小的表情都不放过。

"那个电闪雷鸣的夜晚,我去那里了。但是,我见到的却不是您。"千里屏住呼吸回答。

"是酒部隼人吗?"

"是的。"

两人一阵缄默,互相凝视着。

过了一会儿,千里才回过神来:"我现在住在城下。"

这时,荒之介心底油然涌起一个疑团:她怎么会来这里?

"你到这里来找谁?"

"谁也不找。"

"你不必隐瞒。"

千里的脸唰地一下变得苍白。

"其实，我是来找酒部隼人先生。我听说明智武士的伤员被收容在这座寺庙，就来看隼人先生是否在这里。可是——"然后，她不知该如何解释自己的心情。

"我和那个人住在一起。但是，仅仅住在一起而已！"

荒之介低声笑了笑。那是非常勉强空洞的笑声。

"怎么可能，傻瓜！"

荒之介突然浑身疼痛难忍，天旋地转，再次跌倒在地板上。

荒之介朦朦胧胧还记得之后的事情。几双手把他抬上门板，抬出寺庙，下山坡又上山坡。最后被运到一栋房子里。荒之介复又昏昏欲睡。

他再次醒来时，一眼看到坐在檐廊上的千里的背影。

"千里小姐。"荒之介一旦确信她是千里，便挪动身体，缓缓从地板上欠起身子。这次并没有原来那么费劲。

"我怎么会在这里？"

"我带您过来的。"

"你真能干！"

"我告诉他们您是我哥哥，是从信州来的武士。"千里侧着脸安静地说。她怎么看都不像是大胆泼辣的姑娘。这一招稍有不慎，便会连累她自身性命。

"濑田城怎么样了？"

"濑田的山冈大人杀掉明智的使臣，烧掉城池，转移到甲贺山里去了。"

千里随口说道，一副事不关己的样子。

"濑田的桥被毁掉了，明智大军无法长驱直入，如今濑田城里一片混乱。"

"哦。"

荒之介听闻这些，深感今后局势变幻莫测，难以捉摸。

"有京都的消息吗？"

"信忠大人也自杀了，明智大人已经掌管天下，一切政事都由明智大人做主——"

"哦。"

荒之介觉得自己好不容易作为织田的家臣崭露头角，声誉鹊起，根基却崩溃瓦解了。

但是，他认为明智光秀并不会一直这样号令天下。织田的武将们必定誓死推翻明智。

"我得走了！"荒之介呻吟似的说道。

"您去哪里？"

"还不知道。我想尽快去安土。如若不然，就去没有接受明智诱降的武将那里去。"

"可是，如果濑田桥修好的话，明智大人的军队明天就杀入安土城了！"千里眼睛闪闪发光。

"那么——"

"您根本无处可去。"

"那你是说让我留在这里？"

"此地不可久留，毕竟是明智的领地。但是，无论如何您要先养好身体啊——"

"身体早就好了！"荒之介愤懑地说。然后他奋力起身，腰部却剧烈疼痛起来，根本无法站立。

千里也知道荒之介不该久留家里。但是，荒之介的身体复原之前，不想让他离开这个家。

当天傍晚，山坡下喧嚣异常，千里走出家门，映入眼帘的是络绎不绝进入城下的兵团和一面面鲜亮的旌旗。这里既然是明智光秀的驻扎之处，那么他的部队回到这里是再正常不过了。

千里感到绝望。现在的千里既害怕明智的部队，也害怕隼人。她决定尽早把荒之介转移到别的地方去。

突然，千里想起一个可供荒之介栖身的地方，那就是距此两百多米的小神社的社务所。说是社务所，其实是一间荒废的小木屋，有防雨门和围炉，勉强可以居住。最大的好处是人迹罕至。

千里回家告诉荒之介可以转移到那里。

"好，马上转移吧！"荒之介说。时也命也，他要保住自己的性命，除此之外别无他法。

比睿山山麓的武士宅邸里有几名看门的男女，千里需要避开他们的耳目。

千里心神不宁，坐立不安，焦灼等待着即将来临的夜晚。

当户外完全被黑暗吞没的时候，千里把荒之介从地板上扶起来，把他胳膊搭在自己肩膀上。

"能走吗？"

"能不能走，都得走哇。"

虽然痛得龇牙咧嘴，荒之介还是被千里架着迈开了步子。

他们走下土间，来到户外，驻扎城下的兵团的鼓噪声乘风而来。果然是一个非同寻常的夜晚，充满了血腥味。两人到达社务所之前，一言不发。

千里搀扶荒之介坐在昏暗的地板上，再次折回家，运来了棉被、餐具和药罐。

千里数次往返于家与社务所之间。当她最后一次把食物运来的时候，荒之介揶揄道："这下子你可以安心与隼人见面了。"

"他应该一时半会儿还回不来。"千里说。

"对,有合战。可是,说不定什么时候就会回来了。"

稍待片刻,荒之介咆哮道:"我早该宰了那龟孙!你快回去吧,说不定已经回来了。"

"我和他根本不是夫妇。"

"傻瓜,那怎么可能?"

"我已经说得清清楚楚了,难道你还不相信吗?"千里往围炉里添了柴火,四周亮堂起来。

"那么,我把心掏出来给你看!从我在若神子村见到你的时候开始……"千里一边说,一边伸手探入怀中,把宛如护身符般珍藏已久的打火袋取出来,递给荒之介。这是他那天遗忘在神户伊织家的东西。

"这是什么东西?"荒之介用灼热的眼神望着自己手心里的物品。

"这确实是在下的东西。"他说完就沉默了。好像被千里突然摆出来的爱情信物震撼了。

千里扶荒之介躺回蒲团上:"那我明天再送饭过来。"

说完这句话,她就离开了社务所。已经听不到城下的喧闹了。虽然地面黑漆漆的,仰头却能望见满天繁星闪烁。

到了第二天,驻扎在城下的兵团,不知转移到何处,消失得无影无踪。到了下午,又有新的兵团进来。到了傍晚,这个兵团又往别的地方去了。

在那之后，每天都有兵团进进出出。尽管千里每天都在想隼人是不是回来了，却始终没见到隼人的身影。不光是隼人，从这个比睿山脚下的武士屋里出去的武士们一个也没有露面。

千里每日清晨都到荒之介的藏身之所送饭，白天从来不敢去。夜深人静时，她再去一次。荒之介一直躺在床上。好歹能自己如厕了，但那对他来说仍然不轻松。

每次千里造访，荒之介总是重复着同样的话："添麻烦了！"而且除了正事以外他三缄其口。没有愤愤不平，只是沉默寡言。

"那边没什么事吧？"偶尔他会这么问。

"您不用担心。"

"我并不担心。"

"您真的不担心吗？"

每当听到这话，荒之介就狠狠瞪向千里，然后蹙着眉闭口不言。

此外，每天他都会问她一遍："有新消息吗？"

千里无言以对。实际上，千里什么消息也没有。她只知道，明智的部队每天一如既往地在调度。仅此而已，至于从哪儿来，调动到哪里去，她一无所知。不光千里，就连坂本城下町里的百姓也无从知晓。

日子一天天过去，千里感到幸福充实，心满意足。

当然，这种生活并不是没有令她忐忑不安的地方。不安主要来自两个方面：一是怕隼人回来，二是怕荒之介腰伤痊愈，行动自如。荒之介每日心急如焚，千里都看在眼里。他一旦能自由活动，肯定恨不得立即冲出牢笼。毕竟这是他建功立业的千载难逢的良机。

但是，他对此讳莫如深，只是安安静静躺在那里。如果一旦开口的话，他说不定会歇斯底里地大吼大叫。这一点不光他很清楚，千里更是心如明镜。

——无论他多么不甘心，却接受着我的照顾，老老实实待在这里。

千里想到这里，望着身边这位强悍精壮的年轻武士，感到一种前所未有的陶醉。

朝霞

信长在本能寺自尽，天下易手光秀的消息，很快传到了隐居甲斐深山里的藤堂兵太耳中。

"光秀大将干得可真漂亮啊！"兵太目光在加十次和左卫门身上打量一圈，缓缓说道。

今天恰逢弥弥父亲的忌日，山寨从中午开始举办酒宴来纪念。弥弥父亲袭击从甲斐凯旋的信长失手后，身负重伤逃到了山中，自此就再也没有返回山寨。直到十天后，有人在山寨东部一里左右的悬崖边发现了他的尸体，运回了山寨。

"现在既然信长已死，俺们也就没什么可做的事情了。可以还俺们自由了吧？"加十次说。

"你想要自由？嗯？"

兵太目光一凛，加十次立刻语无伦次起来。

"俺可不是说俺自己。您可千万别误会了。说实话，俺恨不得永远在这里。嘿嘿，老爷子，您认为俺是那种有无聊想法的人吗？"

然后加十次又发出猥琐的笑声，使劲往后缩。

自打弥弥父亲去世以后，兵太就在这里成为了最高统治者。以前大家都"兵太"长"兵太"短地直呼其名，现在突然尊称他为老爷子了。

"刚才谁说还我自由来着？"兵太瞟了左卫门一眼。

左卫门讪讪地笑起来："怎么可能是俺？"

"谁也没说是你啊。"

"那么，不要那么瞪着俺嘛。看得俺心里发慌。"左卫门更加畏缩不前。

左卫门和加十次完全被兵太震慑住了。无论是臂力还是武技，他们都赢不了兵太。

"明智夺取了天下，那么追随信长的武士会怎样呢？"这回弥弥说话了。

"不知道会成什么样子，大概会被抓起来杀头吧。"一个男人回答。

"你说什么呢？胡说八道！"弥弥凶巴巴地瞅着那个男人。

"会被砍头吧。"兵太绷着脸说道。

"哼！"弥弥不高兴地扭过脸去。

随后，兵太冷不丁地问："弥弥，你还在想那臭小子啊？"

兵太用强烈的嫉妒的目光盯着弥弥。弥弥自打荒之介出现之后就变得不听话了。每次弥弥和兵太吵架，部下的野武士们就会一个个溜走，最终只剩下加十次和左卫门。

弥弥也打算去房子后面，便脸若冰霜地离开了土间。弥弥一消失，兵太就像霜打的茄子一般蔫了下来。一阵无法忍受的寂寞向他袭来。

"喂，老爷子，信长死了，俺们在这儿也没啥意义了。虽说俺们消息闭塞不了解外面的事情，不过听说京都已经大乱。据说明智的军队和秀吉的军队会一决雌雄。俺们总不能只是在这儿坐山观虎斗吧。"左卫门说。

"别吹牛皮了。不在这儿坐山观虎斗，那你还想干吗？"

"谁赢就跟谁呗。是吧，加十次？"

被点到名的加十次不愿接茬。他轻易可不敢去招惹兵太，毕竟兵太最近常因弥弥而郁郁寡欢。

没想到，兵太用平静的语气问："你们猜谁会赢？"

"又没亲眼见过，不敢乱讲。不过据说光秀很被动，织田方的武将们好像没一个支持光秀。"左卫门说。

"竟有这种事？当真这样的话，那么我必须去救光秀。"兵太说。

"救输的那一方？"

"不管输赢，我都要支持光秀。"

兵太想，如果光秀真的陷入困境，那他就去投靠他，支援他。

信长是武田的仇敌，而光秀把信长打败了。如果光秀要和信长手下的武将们交战的话，他自然要投身光秀阵营。

"那好。我们就暂且封了山寨，去京都看看吧！"兵太说。

加十次和左卫门本来想投奔胜利的那一方，但那可以出去之后再说。眼前最重要的是，趁兵太没有改变主意的当儿，赶紧从山寨脱身。

"好吧，明天就把这里收拾起来吧。"加十次说。

"要走的话，索性今晚就走。"兵太脱口而出，又觉得自己过于性急。

兵太叫来弥弥，告诉她这个想法。

"我可不愿意！"弥弥一度反对，但很快改变了主意。即便在这里，也不可能等来大手荒之介，如果靠近京都的话，说不定能见到荒之介呢！弥弥满心期待与荒之介重逢，遂同意了收拾山寨的事。

次日拂晓，兵太、弥弥、左卫门、加十次，再加上十多名野武士，走出了他们居住过的山间小村落。本来兵太下令半夜出发，但大家各行其是。等到在兵太房前集合的时候，东方已泛鱼肚白。

除了兵太，其他男人都驮着米袋和箱子。大家走上山脊，向西而行。已经是夏日清晨的感觉。

"这么多人扎堆走，真的没事吗？"弥弥说。

"我们下到村里的时候，就得分成好几组啦。"兵太说。

野武士们右边就是在蜿蜒在山脚平原的釜无川。整整一天，他们一边望着河流，一边沿着山行进。

"这山路，一点儿也不好走。我们下到村子里，沿着大路去信浓怎么样啊？"中午时分加十次提议道。然而，兵太只是闷头往前走。

过了半个小时，左卫门又说了同样的话。他比加十次更执拗。

"这世道已经发生了翻天覆地的变化。即便我们到村子里去，也没人顾得上追究我们吧。"

"胡说八道！"兵太瞪着左卫门，"如果从这里下山的话，大家就都溜走了。别叽歪，赶紧走！"

从那时起直到傍晚，他们一直蹒跚在山间小路上。等夜幕降临的时候，他们终于来到一处平缓的山坡，便在那里烧火做饭，露宿野外。

"明天真想去村子啊！"一个小跟班野武士说。

"只要有米就不到村子里去！"兵太喝道。

几个人轮流烧火，其他人躺卧在篝火周围。不久，他听到鼾声四起。

兵太由于白天疲倦，很快也酣然入睡。不过，他醒来后一脸错愕：除了弥弥以外，睡在周围的同伙们全消失得无影无踪了。

兵太坐起来自言自语："这他妈的什么事啊？"或许很冷的缘故，弥弥像虾米一样蜷缩着身体，发出轻微的呼吸声。兵太仔细端详着弥弥的睡颜。

一会儿，弥弥也睁开了眼睛，问道："其他人呢？"

"都不在啦。"

"都跑了？"

弥弥又说："那我明天也要逃走喽。"

她握着拳头敲着打哈欠的小嘴，好像说的不过是一件稀松平常的事情。

"逃往哪里？"兵太眼珠一眨不眨地望着弥弥的脸。

"去哪里都行嘛。"弥弥没好气地回答。

兵太再次凝视着这个曾经在自己臂弯中千依百顺的女人。

她怎么跟以前判若两人？兵太觉得不可理喻。

她说过"只爱最厉害的男人"，难道都时过境迁不算数了吗？

对了，那个家伙！兵太想起了那个只匆匆见过一面的男人——大手荒之介。

"你以为还能见到那个小白脸吗?"

"我要去找他。"

"什么?"

"我是那种说到做到的女人。只要我想做的,就一定能做到。这次也是同样。只要我想见那个人,就肯定能见到。说不定明天那个人就朝我迎面走来了呢。"

"什么?"兵太身体颤抖不已,"那怎么可能?如果那家伙敢钻出来的话,我就宰了他!让他脑袋搬家!"

弥弥迄今为止还没见到过如此认真的兵太。兵太假如见到荒之介的话,恐怕真的会收拾他。荒之介也许真的会身首异处。

这时,兵太的手伸过来,把弥弥往怀里轻轻一带,双臂紧紧搂住。弥弥完全无法抵抗,也使不上力气。她手忙脚乱挣扎半天,却猝不及防地被松开了。

她听到兵太从嗓子眼挤出一句话:"我就那么讨厌吗?"

他紧接着又问:"我是这个世界上你最讨厌的人吗?"

望着兵太的脸,弥弥觉得他非常可怜,一副要哭出来的样子。

"不是讨厌嘛。我喜欢你,但是在我喜欢的人里你排第二。还有一个更喜欢的人,所以不行!"这是弥弥真实的心情。

兵太长吁一口气:"难道除了让那个家伙从这个世界消失以外,就没有其他办法了吗?"

与昨天一样,兵太和弥弥仍然沿山路走,晚上照旧在山坡上露宿。

半夜三更,兵太被一阵窸窸窣窣的声音惊醒了。他已经变得神经质了。只见弥弥支起上半身,然后鬼鬼祟祟地站起来,似乎打算逃跑。

"弥弥!"兵太吼叫着。

弥弥说:"都什么事啊。明明一个大男人,偏偏睡得一点都不沉。"

她说完噘着嘴又回到兵太身边坐下。然后,她"啊——"长吁短叹着,过了一会儿,又躺卧到草地上。

"冷吗?"

"冷得睡不着。"弥弥装模作样地说。

其实她并不是因为太冷而睡不着,而是打算逃跑。兵太也不说破,只是说:"你去睡吧,我给你烧火。"

说着,他把烧剩的树枝收集起来,点燃了火。

转眼间,旁边传来弥弥均匀的呼吸声。

兵太凝视着她熟睡的脸庞,为了让她暖烘烘的,便一直看着火堆不睡觉。对兵太来说,烧火反倒成了世界上顶顶幸福的工作。

第二天，两人离开山寨后，首次来到山脚下。兵太谨小慎微，没有靠近村子和街道。

两人一边走一边俯视着向北延伸、一望无际的平原。不知何时，釜无川那仿佛腰带一般的水流在平原上消失了。

"这儿还是甲斐吗？"弥弥问。

"说不定已经到信浓了。"兵太回答。

这时，弥弥说："看哪！那里聚集了好多武士！"

兵太循声望去，果然看到由几百人组成的部队沿着街道向西北方向前进。徒步部队里还夹杂着一些骑马部队。如果走到他们旁边可能会感觉尘土飞扬，不过，从这个角度望去，倒仿佛清澈风景中的点缀。

"是哪支部队呢？"

"听说武田死后接手甲斐和信浓诹访郡的是川尻秀隆。那一定是川尻的部队。"

"他们要去哪里呢？"

"信长死后，川尻也无所适从。川尻备受信长宠信，也许打算去安土，与明智的军队决一死战吧。"

"去安土吗？"

"只剩这个可能性了。"

"哇，去安土啊。那么我跟着那个部队走，就能去安土喽。"说着，弥弥已经跑远了。

"喂，去哪里？"兵太叫道。过了好半天，兵太才幡然醒悟，她是要甩开自己逃跑。

"喂——"兵太大声喊着，追着弥弥跑了出去。

兵太不擅长奔跑。但是，现在兵太跑起来了。他无法想象，弥弥从自己手掌心里逃走后，自己还怎么活下去。

弥弥中途偏离了大路，沿着梯田的田埂跑起来，跌跌撞撞，脚步不稳，却显得十分可爱。

"弥弥！"兵太一边追一边喊。

弥弥置若罔闻。

"弥弥！"兵太喊叫几次之后，彻底绝望。他怎么也赶不上弥弥，眼睁睁看着弥弥渐去渐远。

"回来！"兵太停住脚步叫了起来。

"我……什么……都听你的！"他一句话分成三截来喊。

"回来，你给我回来啊！"最后，兵太声嘶力竭，颓然坐到田埂上。

弥弥轻快地跃下一层层梯田，像兔子一样身形敏捷。直到她跑到很远的地方，变成一个渺小人影之后，才停了下来。

一看到弥弥停下，兵太就站了起来。一看到兵太站起来，弥弥又跑了起来。

兵太愣在那儿，垂头丧气地望着弥弥灵巧的身影，望尘莫及。弥弥从最后的梯田跳下去，走到大路上，然后沿着那条路径直往西。一路上跑跑停停，不断向西，最终隐匿于一个二十来户人家的村落的林荫中了。

当弥弥的身姿完全从视野里消失之后，兵太嘟囔着："看我早晚不抓住你！"

他无法想象今后孑然一身要如何度过。

兵太笨手笨脚地勉强迈下弥弥刚走过的层层梯田，又走上大路，进入村落。然后他穿过村落，越过平原，向川尻部队的武士们行军的方向走去。

走了约摸四分之一个时辰，他远远看到前方部队停止行军。路旁和树荫下，十个一团，二十个一簇，武士们纷纷围坐下来小憩。

他们好像在吃东西。空腹感顿时向兵太袭来。自打早上在野外与弥弥一起做饭后，就粒米未进。现在手头也没有能果腹的东西。食物大半被左卫门和加十次顺走了，仅剩的一丁点米也随弥弥一起消失了。

这时，兵太定睛到一点上。一群武士围着一个女人，那女人分明是弥弥。

兵太目不转睛地盯着女人。当他肯定那就是弥弥的时候，暗下决心：暂且悄悄跟踪这支部队，再肆机把弥弥抢回来。

首要问题是搞清楚这支部队的庐山真面目。武田灭亡后，川尻秀隆的部队掌管了甲斐和信浓诹访郡。他们恐怕正火速奔赴混乱的京都，投靠反明智的阵营吧。除此之外，实在想不出其他的可能性。

兵太自身则打算投入明智的阵营，因为他对灭掉武田的织田实在是深恶痛绝。

兵太每次从远处遥望那群武士，一旦他们开始上路，他就也迈开脚步，不过有意与部队保持一定距离。

他们从早到晚走在丘陵缓和起伏的平原地带。途中，兵太从一个小村庄的百姓那里打听到，现在正处于诹访湖南部，部队朝着西南方向前进。部队大概打算避开大路抵达伊那谷。

兵太想，他们反正跟我的目的地是同一方向，我暂时还是跟这支部队一起行动比较好。

不久，夜幕降临。

部队在午后大休之后就一直马不停蹄地赶路，现在终于在山麓的一座寺庙前停了下来。一会儿，从寺院里面到山脚，几堆篝火被陆陆续续点燃了。

兵太去一个农民家吃了晚饭。至于是哪儿的部队，往哪里前进，村子里的人也是一问三不知。

入夜，篝火渐渐稀疏。兵太心系弥弥，就不断靠近那支部队。走近一堆篝火，再走向下一堆篝火。

每堆篝火周围都有十几名武士被火光映红了脸互相交谈。在附近的阴影里，更有十几名武士像战死一般，横七竖八地舒展着身体躺卧地上。

到底弥弥那个家伙在哪儿呢？她在做什么？兵太看见武士们一个个蛮横凶悍的模样，非常担心弥弥的安危。

越过几个篝火后，兵太来到寺院内的一团篝火处。

"是谁？"黑暗中传来声音。

"是我。"兵太回答。后来谁也没有再追问什么。

兵太偷偷站在树荫下，朝着篝火的方向投去视线。

弥弥在那里。只见她夹杂在几个武士中间，伸出双手烤火。

兵太凝视着弥弥的身影。当他目光不经意间扫过弥弥旁边的武士时，不由得想：我好像在哪里见过此人啊。

兵太望了那个武士一会儿，好像依稀记得，但又也想不起来。老者年届六十，确实很面熟。

兵太注意到，现在围绕着篝火的一群武士，比刚才那些武士装束鲜亮，举止优雅。难道他们是这支部队里干部级别的人物吗？

当他沉浸在思索中，弥弥突然笑得花枝乱颤，脸被篝火照得红扑扑的，欢乐的笑声回荡在夜空。

也许是心理作用吧，那声音听起来千娇百媚。

好哇，从我身边逃走了却还这么开心！混蛋！兵太嫉妒得发狂，胸口隐隐作痛。

过了一会儿，弥弥站起身来，和三个武士一起向右手边走去。他们的身影马上被漆黑的夜色吞没了。

兵太也想从树荫下出去。

"谁啊？谁在那里？"这时，一个中气十足的声音传来，划破夜空。

开口的是刚才坐在弥弥旁边的人。兵太本已迈开脚步，便又停在原地，怕被对方发现。

"是谁？"那人又问。

兵太纹丝不动。

于是，对方的眼神离开兵太这边，滑向其他方向。大概是他虽然心生疑窦，但又实在找不到人。此时，兵太脑海中一个激灵："啊，是那个老头！"

神户伊织！一定是神户伊织！

在新府城快要沦陷前，他曾在若神子村去这位老人家借过马。兵太想起了借马不还的往事。酒部隼人向他求救，他就让马儿载着那个女人跑了。

新府城沦陷之夜，无数条火舌在天空中飞舞的景象，就像遥不可及的过去一样，浮现在兵太的脑海里。

当初借马的时候，他就觉得这个老人非同寻常，果然是个武士！

可是，当初他曾说法性院大人对他有恩情。如今他却成为新领主川尻的部下，真是个薄情寡义之人！

兵太不再去追弥弥，留下来盯着伊织的身影。

一会儿，伊织慢悠悠地从篝火旁站了起来，对周围的武士说了几句话，也像弥弥一样消失在右边的苍茫夜色中。

兵太怔在那里盘算：既然我跟伊织有过一面之缘，那么跟他说说好话，说不定能把弥弥要回来。

兵太穿过树荫，看到灯火阑珊处往前延伸的石板路。这好像是从伽蓝通往正殿的路。他大步流星地走了过去。

前面大约三四米的地方，有一个人在行走。一定是伊织。

"是谁？"前方问。

"是俺啊！"兵太说。

"'俺'是谁？"前方再次问。

"神户伊织先生吗？"兵太凝视着前方的黑暗说。

"正是！"一个平静的声音传来，"那您是？"

兵太感觉到对方手按刀柄，似乎一听不对劲就猝不及防地砍过来。

"我是藤堂兵太。"

"噢?"

"昔日取道若神子村,从贵府借过马。"

"哦。"

"我借了马,但是一直没能还,非常抱歉!"

"嗯。原来你就是那个武士啊。"

过了一会儿,伊织又说:"你怎么还活着?没出息的东西!我以为你要和武田家生死与共,才把马借给了你。以为你早就慷慨赴义了呢,怎么还在这种地方转悠呢!"

"这就说来话长了。"

"怎么说来话长了?"

兵太无言以对。当时事出有因,去晚了一步没能赴死,如今说什么都像借口罢了。

那人似乎对兵太的心情了然于胸:"笨蛋!你到底干什么来了?"

"我想让您还一样东西。"

"什么东西?"

"弥弥。"

"弥弥?弥弥是什么?"

"就是刚才篝火旁的女人。"

伊织沉吟了一下,用坚定的声音说:"那可不行。虽然不清楚你跟她是什么关系，但是我留她另有用途。一时半会儿还不能还给你。"

"就算你不把弥弥还我，她也终归是我的女人。"兵太怒气冲天。

"你不是要和新府城同归于尽吗？原来有了女人就苟且偷生了啊？"神户伊织的声音中带有明显的愤怒和戏谑。

"什么，你，你！"兵太勉强抑制住怒火。如果不是因为先前有愧于他，他肯定早就向对方扑过去了。

"只许州官放火，不许百姓点灯。你不是也成了川尻的部下吗？难道你忘了法性院大人的恩情吗？"兵太回敬道。

"蠢货！"伊织呵斥了他："我又不是你，怎么会恬不知耻地追随川尻那样的人呢！川尻秀隆在甲斐不得民心，农民和商人都民不聊生，其程度比胜赖大人时候更甚。我实在忍无可忍，才想出一臂之力！"

"此话怎讲？"

"你还不明白吗？川尻那家伙，把甲斐都祸害成什么样子了！"

"那么——"

"我当然是打算豁出命去。我一把老骨头了，死不足惜。"

"您到底要去哪里？打算怎么做？"

"信长已经死了,现在唯有德川家康才是甲斐老百姓真正能指望的人。"

"确实如此。"

本能寺之变的余波蔓延到这里。信长在世的时候,甲斐的百姓尚屈从于川尻秀隆的管制。如今信长死了,早已民怨沸腾。

"您从伊那去远江吗?"兵太问道。

"你是因何事而来?"伊织反问。

"我打算加入明智的阵营。"

听闻此言,伊织沉吟半晌:"那样的话,更不能带女人去了。"

然后,他又说:"这里的正殿就是我的宿舍。我有话跟你讲。你能过来一下吗?"说完扭头便走。

他背对着兵太,在黑暗中留下一串渐渐远去的脚步声。

兵太也跟着伊织走了。他们从伽蓝进去,走过嘎吱嘎吱的木地板,进入正殿。在宽敞的正殿里,好像横卧着几个人,但是看不真切。

伊织走到正殿的角落,点亮烛台的灯,说:"坐。"然后径自坐下了。

"你是说要投身明智的阵营?"伊织想要确认似的低声说。

"没错。"兵太回答道。

"你为什么选择明智?"

"我恨织田。织田是我们的仇敌。把性命奉献给背叛织田的明智,这岂不是理所当然的吗?"

"但是,明智会失败的啊!他师出无名,大逆不道,手下的人也都是乌合之众。"

"我才不管他会输还是赢。反正我就要加入明智。"

"真是傻瓜。话说回来,现在天底下到处都是蠢货。"伊织有些恨铁不成钢。

"如果反抗川尻秀隆的话,你不也一样吗?"

"不,不一样。现在对甲斐一国的百姓来说是生死关头。我就算是趁着天下大乱而举事,也不会为了一己之利趁火打劫,浑水摸鱼。"

"我也不是为了个人私利而想加入明智阵营。他是输还是赢,我都无所谓。"

"对了,我不是为了说这些话才让你过来的。说实话,我有事想拜托你。从这里经过伊那到达远江的话,必然要通过德川的领土。不论是哪个城主,我想麻烦你捎一封信给他。"

"阁下想怎么办?"

"从这里往前走一里地就是高远城。我们会据守在那里。

高远城内，也早有叛军起来到处闹事。我们没有余力和德川联系。"

伊织又说："你和那个女人一起去比较好。我也拜托了她同样的事情。如果你们能完成这项工作的话，我们至少在德川领地能安全通行。"

"那好，我去办。"兵太满口答应。既然事关自己土生土长的甲斐一国和当地百姓的幸福，便找不到任何推脱的理由。

"女人在哪里？"

"那个不用担心。我安排她睡在农家的哨所了。明天早上我们去找她，让她跟你一起出发。"

兵太和伊织又唠了一会儿嗑，便都躺下了。由于白天疲劳过度，兵太很快进入了香甜的梦乡。

兵太醒来的时候，天还没亮。他瞄了一眼睡梦中的伊织，从正殿走到户外。

他马上打听到了设在农家的部队哨所。五六名武士正在土间烧火。他上前打听弥弥的动向。

"那个女人啊，昨晚就走了呀！"有人回答。

战败

安土城内遍布明智军的将士。光秀在这里，左马助也在这里。

然而，城内人心惶惶，死气沉沉。

炎炎烈日映照在安土城的城门、护城河和堡垒上。这些都是已故的信长为了向全天下炫耀其尊荣权势而建造的。在将士们眼里，今年的阳光有些虚幻，似乎与往年夏天略有不同。

"我还是第一次见到这么明晃晃的太阳！"一位武士说。酒部隼人也深有同感。

今天是六月九日。仿佛已是经年累月，但其实掐指一算，从本能寺夜袭至今不过七天。

在此期间，隼人听到的全是坏消息。光秀从安土城派出使者去四方游说，但是应者寥寥，几乎无人答应前来支援，这与光秀预想的大相径庭。

出使长冈（细川）藤孝的使者被砍头，去蒲生贤秀父子那里的使者被撵了回来。虽有传闻说筒井顺庆会站在明智方，但始终无法断定消息真伪。

九日，安土城的将士们留下了一部分，其余的由主将光秀突如其来地率领开赴山城。然后十日转移到了洞之峠，在那里住了两天。当中就包括隼人。

十二日中午，部队突然接到命令说要渡过桂川抵达山崎附近的平原。此时，几位大将才向全军传达了秀吉军向北挺进的消息。

听到这个消息，谁都没有吭声，只是感觉乌云压顶，风雨欲来。

部队陆续渡过了桂川。第一线部队是阿闭贞征的三千人马。其次，预备队兵分三路，右翼是伊势贞兴的两千人，中央是光秀的五千人，左翼是津田信澄的两千人。除此之外，并河易家率领的两千人马担任别动队，最后渡河。

隼人被编在光秀率领的五千名官兵中。

当几支部队像飘带一样蔓延在山崎附近的原野的时候，天空开始飘起零星细雨。每支部队到达规定位置的时候，雨已停歇，北方重现蓝天，几缕阳光如箭一般斜射在原野上。

晚上，原野上几十堆篝火散落各处，可是不久他们就收到了灭掉篝火的命令，因为秀吉的大军到达了原野的另一端。

隼人躺在御坊冢附近阵营的草丛上。虽说是夏天，火熄灭后夜里仍然冷气袭人。

"既然是日向大人①拜托了我，俺就不能说不喜欢。"身旁响起这样的声音。

被日向大人拜托了！隼人从草丛中站起来，抬起头。

"被日向大人拜托"这句话，异样地在心头回响着。

"你说是被日向大人拜托啊？"隼人说。

"嗯，是俺说的。说了又怎么了？"草丛簌簌作响，一个武士支起上半身。由于天色昏暗，面孔模糊不清，不过声音听起来非常年轻。

"我并不是愤怒，只是随口问问而已。日向大人什么时候托付你的？"

于是，那个武士说："并不是他本人拜托的。不过，这不和他拜托的一样吗？假设已经十天都一起行动的话，日向主公身陷困境，俺们能坐视不管吗？"

"十天？"

"是啊。和你们不同，俺不是世代追随明智的武士。俺原本在京都流浪，本能寺夜袭后第二天，游手好闲没事干，就到明智家当兵了。如果不觉得自己是被日向大人所委托，那么怎么可能在战斗中为他出生入死？"

---
①日向大人指明智光秀。

"哦。阁下多大了？"

"俺吗？俺二十岁。"

"二十岁？好年轻啊！"

隼人本来想说：这么年轻真是可惜了，但是他把后半段咽进肚子里，只说了句"好年轻啊！"

两人的对话到此结束，隼人听到草丛中传来武士响亮的鼾声。

被日向大人拜托了！

这时，隼人第一次认同这种说法，即自己和这位年轻的武士一样，被明智光秀拜托了。和旁边的年轻武士比起来，自己是主动选择来明智家当差，吃明智家俸禄的。哪怕时间不长，光秀对自己也是有恩情的！

隼人自侍奉武田家至今，总觉得没能碰到自己愿为其奉献生命的主君，现在想来，原来是自己犯了一个大错误！

听了年轻武士的话，他如梦方醒，大有醍醐灌顶之感。

千里亦是如此。虽然他喜欢千里，但是却从来没有给予过千里任何东西，恰如他从来没有试图从千里那里夺走任何东西一样。

隼人仰望夜空，睁大双眼，头脑异常清醒。

好吧，明天我就竭尽全力，为日向大人战斗吧！

这样想着，隼人不知不觉进入梦乡。中途听到天王山方向的几声枪响，被吵醒了，之后又迷迷糊糊睡去。

从那之后不知过了多久，响起了一阵激烈的枪声。在天王山岭一角，红色火焰熊熊燃烧。

周围的武士也纷纷鲤鱼打挺般跃起身来。这时天空已经泛白。

火舌升腾到了遥远的天王山巅，但是无法判断究竟是伙伴放的火，还是敌人放的火。从四起的枪声来看，必然是两军交战。

很快枪声渐行渐远，过了一会儿就消失殆尽。

天亮之后，连天王山的火也灭了。又是一个安静的夏日早晨，碧空如洗，万里无云。可以想象，白天必会骄阳似火。

不久传来了进攻的命令，明智的右翼第一线要直抵圆明寺川附近。

隼人所属的光秀本营，到达御坊冢后就没再移动。因为那个地方恰好可以俯瞰今天的战场。

隼人看到，在圆明寺川我方的右翼正对面，仅一线之隔，敌方部队正在严阵以待。他想，战幕恐怕要从这个地方拉开。

除此以外完全看不到敌人的影子。广阔的平原上，映入眼帘的尽是我方的猎猎旌旗。敌人到底在何处排兵布阵呢？

到现在为止，隼人参加过数十次交战，可这样规模的大合战还是头一次。他无法想象，这是怎样的大合战，会以怎样的方式进行。唯一能确定的是，他的"被日向大人拜托的"性命会去鬼门关走几遭。

右翼的敌我部队几乎就要擦枪走火，但是因为战机尚未成熟，便在焦灼中等待了一个上午。

夏天的阳光火辣辣地照射着大地。

不久，太阳逐渐偏西，到了申时（下午四点）。

隼人想，今天不会再有交战了吧。不光是隼人，周围的武士们也渐渐放松了紧绷的神经。

"怎么了？怎么还不打仗？"

当他周围涌现不耐烦的声音的时候，平原的一角发生了异变。突然，长时间的平衡被打破，敌军阵营中冒出三支大部队，像三股潮水一般开始进攻。

一队沿着山崎街道笔直地前进，另一队沿着淀川沿岸的小路，而剩下的一队则从天王山麓，气势汹汹地一股脑儿压过来。

明智军也与之相呼应，开始奋战迎敌。以勇猛而闻名遐迩的阿闭部队即刻转入突击，将人员迤逦散开，对淀川沿岸的敌方部队形成包围网。

呐喊声，枪炮声，刀剑声，战鼓声，交织在一起。

在光秀的阵营中，隼人亲眼目睹着几万人的殊死搏斗开启大幕。

这与他在甲斐和信浓所经历的几十场大战截然不同。在夏日午后的斜阳下，生命的大集团相互撞击，如同波涛破碎般零落散去。

交战开始后的半小时内，山崎街道一带的明智军大显身手。担任先锋的斋藤内藏助部队一举击溃敌人的高山右近队，迫其后退三四百米。第二阵、第三阵部队也都击垮驱散了敌人。

另一方面，圆明寺川附近的两军冲突也极其激烈，敌我双方都徒然损兵折将，尸体堆积如山，却根本无法决出胜负。但是，前进到淀川沿岸的敌军第三队冲到明智军的侧面，明智军支撑不住，节节败退，只好把预备队派到前线。

双方时攻时守，山崎合战进入第二阶段的激战。

酒部隼人所属的部队被派往前线时，薄暮淡淡地流向广阔的原野。

忽然，久我绳手方向出其不意地响起敌人的呐喊声，天王山的山顶和中腹也被敌人的呐喊声湮没。

神不知鬼不觉间，局势已大变，明智军被数量上占绝对优势的敌军团团围住。

隼人不知道自己将会被派往哪个战场，只是机械地奉命前进。

一名骑马武士迎面而来，从隼人所属部队的侧面经过，有如疾风般奔跑着，嘴里发出撕心裂肺的呼喊："伊势贞兴大人阵亡了！"

转瞬间，该骑马武士的后面又跑来一骑，边播报着同样的惨讯边跑远了。

不多时，隼人等人遭遇了败走的己方部队。起初有十人，二十人，然后是数百人，个个面目狰狞，挥刀乱砍，仓皇逃窜。

隼人跑的时候只顾盯着前面的武士们的腿。

突然呐喊声在前方响起。数千人的部队以排山倒海之势涌来，不断逼近。

隼人向着海浪猛冲过去。枪声轰鸣，左右两边都硝烟弥漫。

隼人撞上了两三个敌人。他与不知是敌是友的人一起倒在当场，好像被汹涌的波涛包围一样。

无数只脚川流不息地跑在隼人的周围。隼人的手脚都被踩踏。

隼人爬起身，又拼命地跑了起来。他周围是呐喊的漩涡和人流。

隼人被挤得一塌糊涂，不知不觉被敌军的浪潮抛到外面。河水流淌着，河宽三四米，仔细一看，里面净是尸体。他便沿着那条河流奔跑。

隼人离开战场，向遥远的前方移动。所谓前方，就是他刚才所在的御坊冢的方向。

不知什么时候，隼人发现自己再次被卷入集体的浪潮中。

他无法判断周围是败走麦城的伙伴还是乘胜追击的敌人。在平原的中心地带，武士集团像奔腾的大河一样发出怒吼和呐喊，呼啸而来。

隼人疲惫不堪，倒在了数棵并排的松树根部。

"喂，我们这是去哪儿啊？"有人出乎意料地向他打招呼。

只见一个四十来岁的武士抱着双膝坐在地上，右半身染成了红色。

"你伤得好重啊！"隼人说。

"阁下也受伤了！"对方说。

"受伤了？"

隼人方才惊觉自己浑身上下沾满鲜血，衣服早已染成朱红色，完全不亚于对面的武士。

本以为是别人的血溅到自己身上，其实不然。如今右肩麻痹了，腰和脚也麻痹了，看来伤得不轻。肩膀和腰好像都中了若干刀。

"你去哪里？"武士又问道。

"只能去胜龙寺城了。"

"胜龙寺？什么？你主公是明智吗？"

"对。"

对方好像是秀吉那边的人。然而，隼人却没有感觉到敌意和憎恶。

对方缄口不言。也许是怀有同样的心情。

隼人站起来开始走路，可是又听到有人问他："喂，你要逃到坂本吗？"

回头一看，三四个武士围成一簇。这显然是明智方的武士，慢吞吞地走着。

"逃？本队怎么了？"隼人问道。

"你还不知道吗？全线崩溃！据说大家都逃到了胜龙寺城。"

隼人想，大家不可能都逃往那里。胜龙寺城能容纳多少人，他还是心中有数的。

从那时起，隼人身前身后都会撞见己方一撮一撮的败兵。隼人也不由自主地朝着他们走的方向挪动脚步。

深夜黑压压的，远处不时传来枪声。过了伏见北面，又过了小栗栖。从那时起，就完全辨不清东西南北了。隼人走得实在困倦了，就在路边睡了一个时辰。醒来时天已破晓，四周空无一人。

沿着山脚走了一二里路，等太阳升高后进了山里。隼人知道，爬一大会山就能到达与比睿山相连的山脉。因为他曾在那里远远眺望京都的城镇。

隼人到达比睿山之后，突然感到举步维艰，慢腾腾地拖着步子。

中途，隼人疲惫不堪地倒在地上。

隼人再次挣扎着站起来走，步履愈发艰难。右肩上被狠狠地砍了一刀。不知什么时候被砍的，也不知道被谁砍的。

现在的局面已与合战的性质完全不同。隼人不由感到自己多么地无能为力，连一场像样的厮杀都没有。不是没去厮杀，而是没能厮杀。无暇去想如何建功立业，更无暇去想自己是否武艺精湛。

隼人愈发感到行走的痛苦，胸部疼得更加厉害。当他撞上敌军兵团的洪流，并从洪流里被弹飞时，只觉得无数人马从自己身上踩踏过去。既被铁蹄践踏过，也被人脚踩过。

啊！从今往后，在这广阔的天地里都没有自己的立锥之地，隼人不由得心想。既没有悲伤，也没有不甘。自己早就该和武田家一起灭亡了！他早该怀揣"被衰败的武田家所托负"的想法，生做武田家的人，死做武田家的鬼。

如今，一切为时已晚！新的时代，新时代的战斗，已经超越了他。

那位说"被日向大人拜托了"的年轻武士怎么样了呢？也许早已阵亡了吧。如果尚未战死，他也会因涌起跟自己一样的想法而心潮澎湃吧？

从年轻的时候开始，他就日复一日，年复一年地交战。自己能有什么长处呢？不过是比别人本事强了一点而已。

之后，隼人如同行尸走肉般，一味前行。尸体堆积如山，到处可见。他们都是从战场上逃脱出来，走到这里倒下去的武士们。

临近傍晚的时候，他远远地望见了清澈的湖面。

隼人仍然走着。不知道走了多远，也不知道去往何方。

千里！隼人突然动了一下嘴巴，可没有发出声音。他知道自己没发出声音，便用手擦了擦嘴，只见鲜血染红了手掌。

千里！隼人闭上了眼睛。这时他发现自己正躺在草丛里。他想：我要死了。他头脑清醒，心里通透，已经一无挂虑。

千里！隼人恍惚之间觉得千里近在咫尺，于是把手臂伸向了她。当然这只停留在他的想象中，他的手臂已无法动弹。

你要幸福地活下去……千里！隼人仰着的脸庞垂到一边，再也不动了。

居合拔刀

这日,像往常一样,千里来到荒之介的藏身之所,发现他正端坐在地板上。

"您坐起来也无碍了?"千里问道。

"已无大碍。我今日开始练习走路,早晨还在社务所周边转悠了一圈,不怎么疼了。我叨扰你这么长时间了,有十二三天了吧。"荒之介说道。听到"叨扰"二字,千里不由得打了一个寒战。

"痊愈之后,您有什么打算?"

"只能去投靠织田的武将里比较熟的。"

"您要离开这里?"

"那是自然。"

"我再也不要和你分开,无论你去哪里我都要跟着你!"

"现在不同以往,你跟我在一起只会束缚住我手脚。很快就有合战啦。"

"就算合战开始了,我也要跟着你。我可不想一个人留在这里。"

"我当然不会撇下你不管，也不会把你拱手让给隼人。不管去哪里都带着你，把你据为己有。"荒之介的说法非常露骨。

但是千里并不相信他的话。她忧心忡忡，生怕这个年轻武士趁自己不注意就销声匿迹。

"那把你的长短二刀押在我这里吧。"

"长短二刀不能离我左右，你可以扣下这个。"荒之介笑着从褥子底下掏出一个小包裹递给千里。

"这是什么？"

"全部盘缠，还有织田家臣的凭证。目前这些东西对我来说非常宝贵。"

"给我这些东西又有什么用？"

"那我把心掏给你。"

"心？！"

"对，我把心给你，你把身体给我。"说完，他大臂一伸，不过立马缩了回去。

"在这里的话，冷不丁地难免会被隼人看到。两三天后我们一起离开这里吧。"荒之介说道。他信誓旦旦，不似有假。

这日晌午时分，看守武士宿舍的一位老仆惊慌失措地冲进千里的家门。"城下出大事了！昨天，山崎发生了大合战，明智大人一方四散逃窜。今天早上，从山崎逃出来的人像潮水一般涌进城里来了！"

然后他又说："从这里出去的那几个人也不知怎么样了，明智部队的人大部分阵亡了，生还的寥寥无几。"

千里突然担心起隼人来。虽说她对隼人并无爱慕之情，但是多亏了隼人拼死相救她才能活到今天。尽管他从来不曾倾心吐意，可她明白，自己是他唯一的思慕对象。虽然不愿他回到这里来，但盼望他平平安安的。

下午老仆又来了："现在敌人还没有涌进城里，说不定明天就要攻进来了。坂本城下已经空荡荡的，就剩几条狗窜来窜去了。还不知道会发生什么呢。趁早做好逃跑的准备吧！"

老仆离去后，千里马上前往荒之介的藏身之所。他不知从哪里已经知晓了合战的消息。

"太迟了！"端坐在地板上的荒之介说，"一切都太迟了！"

然后又说："真是老天绝我呀！"

听起来他绝望透顶。既像哀嚎，又像呼唤。除此之外噤口不言。

"您怎么知道的？"

"我听到了随风飘来的隐隐约约的法螺声,觉得很蹊跷,就去城下看了看。太迟了!造化弄人啊!"

"今后您有什么打算?"

"哪还有什么打算。一切都太迟了!"

"听说敌人会蜂拥而至……"

"要是敌人的话还好,但这次是同伙自相残杀。——我暂且待在这里吧。明天去高处看看攻城的样子。——我睡了。"

荒之介自顾自地躺到地板上,盖上棉被。强烈的失意和绝望彻底压垮了这位年轻武士。

千里回到家中,暂且撇开荒之介不想,倒是担心起隼人来。一种无法言传的不安撕咬着千里的内心。

当天晚上,这种不安就变成了现实。老仆第三次登门的时候说道:"我不知该怎么张口,从比睿山来的路上——"

老仆的话戛然而止。

"您说吧。"千里的脸立时变得煞白,没了血色。

"我也只是听说,还不知道真假——"

"听谁说?"

"听一个叫兵藤的武士说的,他也是从这个武士宿舍出去的。他说隼人先生倒在那里已经断气了,被运到了寺院里,就是村落入口有棵大朴树的那个寺院。您快去处理后事吧。"

"那位武士呢?"

"好像进了城。"

"好,我马上过去。不好意思,能麻烦您跟我一起去吗?"

"那可不行。现在可不比平时的晚上。"老仆退缩了。

"到那里路程有多远?"

"不远,走路的话一刻钟都用不了。就在这个山丘脚下。"

"那谢谢您了。"

老仆离开后,千里马上奔向荒之介的藏身之所,房间里透出灯光。

门吱啦一声打开了。荒之介和白天一样在地板上端坐着。

"迟了!一切都太迟了!"这位不走运的年轻武士还是咕哝着白天那句话。

"隼人去世了。"千里用了肯定的表述。隼人一定是去世了。这在她心里已经是不容置疑的事实。

"什么?"荒之介打了个寒战。

千里把老仆的话原原本本复述了一遍,恳求道:"求求您,和我一起过去,把他的遗骸埋在寺院里吧。"

荒之介没有回答。

不久炉火熄灭了,周遭陷入一片黑暗。

"求求您了。"千里苦苦哀求。

"求求您了。"

不知过了多久,突然黑暗中有了动静。

"咄!"那是迅猛的居合拔刀的喊声。

咄!咄!咄!

喊声持续几次之后停止了。

"好吧,我陪你去。我跟隼人决斗了两次。第一次我差点丧命,第二次,我的命运遭遇了戏剧性大转折。真是遗憾,早该由我结果了他!"

荒之介从土间出来,千里紧随其后。

他们来到武士宿舍前面,沿着丘陵的下坡道往下走。湖岸燃着点点篝火,好像是为了收容败兵而点的。这真是一个异样的夜晚,让人分不清光明还是黑暗。一片寂静中能够听到震耳欲聋的声音。遥远的骚动从夜空中传来。

千里记忆中有过这样的夜晚。那就是新府城陷落的前夜。

"我今晚给他挖个坟。你亲手厚葬他吧。"荒之介说。

千里忍不住呜咽起来。隼人去世的悲痛和荒之介破天荒的温柔,令她感到温暖,也令她肝肠寸断。

夏日骄阳

藤堂兵太在旅途期间得知了山崎合战的消息。随后，明智军失利的消息纷至沓来，不绝于耳。

兵太听说光秀居住的坂本城被付之一炬，明智左马助自杀身亡，最终在山崎合战的当晚，主将光秀也被当地土民击杀。

事到如今，兵太已无法投靠明智阵营。他从甲斐走到信浓，从信浓沿天龙川前进的途中，天下形势猝然大变，历史风云急剧变幻。

织田信雄亲手放火烧毁安土城，使信长多年经营之地顷刻间化为一片焦土。这个消息也是兵太从安土来的难民口中听说的。

兵太所到之处，秀吉的传奇流传最广。明智方的荒木村重、阿闭贞征业已投降，近江地区尽被秀吉收入囊中。

信长也好，光秀也罢，都已从这个世界上消失，秀吉像新星一般冉冉升起。

藤堂兵太继续着奇妙的旅行。其实，在很大程度上继续旅行已经失去意义。现下只有抓住弥弥这件事，成了这次旅行的目标。

当兵太跋山涉水到达安土城下的时候，正如传言所说，这里早已既没有豪华的城池，也没有城下町。

秀吉的武士们在火灾后的废墟上来回巡逻，流离失所的町人们目光呆滞，踟躇在还冒着烟的焦土上。

"喂！"兵太走到哪儿都会遇到秀吉方的武士们盘查。

"我又不是坏蛋。"

"你从哪里来的？"

"从甲斐来的。"

"甲斐？"

"对。"

对方可能知道他是武田家残党。但是即便知道，秀吉方的武士们貌似早已麻木不仁了。

"从甲斐到这里来干什么？"

"我想参加合战。"

"真是笨蛋！哈哈，为时已晚了！"一阵哄笑声包围了他，"我们不用借助你等野武士的手，也能灭掉光秀，哈哈。"

兵太在安土的焦土上走来走去。一切都显得非常空虚。

恩恩怨怨也好，出人头地也好，似乎都不是自己所能左右。

弥弥在哪儿呢？兵太不惜一切代价只想找到弥弥。对于亲眼目睹历史进程的兵太来说，对弥弥的思慕和执着成为这纷繁乱世里唯一的盼望。

抵达安土后，兵太一整天都漫无目的地游荡在火灾后的废墟上。除了游荡，再没有其他办法打发时间。

他身上的盘缠够他到旅店住上十到十五天。他便想浑浑噩噩地把盘缠花光之后再做打算。

晚霞染红西边的天空，如同溃烂流脓的伤口一般。不一会儿，烧焦的安土城下迎来了夏夜。

兵太蜷缩在一个角落迎接夜晚的到来，过了一会儿饥肠辘辘，就站了起来。他想起城下的西北部在这次火灾中逃过一劫，那里有很多临时搭建的卖食物的小棚子，于是决定先去那里填饱肚子。

他斜穿过被烧焦的辽阔原野。以往白天的时候，这儿有武士和灾民们熙熙攘攘地出没，现在却寂静无声，一个人影都见不到，甚至连猫儿都不见一只。

他黑灯瞎火地走着，无数只蚊子嗡嗡乱叫，飞舞在夜空。

他好不容易横穿过废墟，来到大路。大路的出口有几间临时搭造的小屋。

经过那里的时候,"喂"一声,兵太突然被叫住。这里好像是哨所。他暗忖:这都第几次盘查了?

"你去哪里?"

"去吃饭。你知道饭店在哪儿吗?"兵太反问。

那人没有回答,而是说:"瞎晃悠什么啊,快点回部队!"然后,他略微压低一点声音问,"我问你,你认识一个叫大手荒之介的武士吗?"

"不认识。"兵太说着走开了。

大手荒之介,这个名字怎么有点耳熟啊?大手荒之介、大手荒之介——

兵太边走边绞尽脑汁地想,很快停住脚步,又原路返回到警卫武士们所在的哨所。

"你刚才说的是大手荒之介?"

"你认识他?"

"我认识。"兵太回答道。

"稍等!"说完,武士嘴里念叨着,朝相隔两三家店铺的茶馆走去。

兵太站在原地等候。大手荒之介,就是那小子,就是弥弥心心念念到处寻找的人。

过了一会儿,武士回来了:"大手荒之介现在何处?请老实交代!"他装腔作势地用审讯的语气说道。

"我不知道。"

"什么?"

"我只是以前见过他。"

"混账,你等着!"武士又向茶馆走去。

不久,武士又回来了。这次不止一个人的脚步声,好像是两个人。

"他说他从前认识大手荒之介?"是女人的声音。

"对!"

"那我见他一下吧。"

正说话的功夫,两三个行人要经过哨所。于是,女人用训斥的语气对武士说:"看哪,有人要过去啦。别愣着,快去!"

"喂,喂,喂,喂!"

武士叫住那几位行人,跟刚才盘查兵太一样,"你们去哪里?"

问了目的地,得知不是可疑的人之后,就挥手放行:"好,走吧!"

女人说:"不行啊。你还没问荒之介的事情呢。"

"只是町人嘛。"武士回答。

"就算是町人也许知道啊。"这样的对话隐约可闻。

女人不知道与武士达成了怎样的协议,让武士一个不漏地向行人打听大手荒之介的消息。

兵太一听那女人的声音,就知道是弥弥,不过故意不吱声。

行人离开了。"他在哪儿?"弥弥向兵太这边走来。

"在这儿。"武士转向兵太:"喂,你跟大手荒之介什么时候、在哪里见过面?老实交代!"

"你到底在哪里见过他?"这回弥弥发问了。

不过,兵太依然默不作声。

"你在哪里见过他?"

"在甲斐的山里。"兵太嘴里刚迸出这一句,弥弥马上辨认出他的声音。

"哎呀!"弥弥小声地叫喊,"得了,我要回去啦。"说完,弥弥迈步就走,好像打算逃跑的样子。

"喂!"兵太一叫,弥弥迈步更大了。

"弥弥!"兵太喊起来,弥弥撒腿就跑。

"等一下!"

弥弥一言不发,拼命跑着。

兵太一边跑,一边后悔没趁其不备抓住弥弥的胳膊。要论跑的话,他远不是弥弥对手。

"喂——"他边追边喊。弥弥依旧不回答,一味奔跑,好像压根儿不打算搭理他。

兵太追出两三百米，鞭长莫及，便只得作罢，停下脚步。他本不擅长跑步，何况还是在黑夜，还是在焚烧后的废墟当中。

对于弥弥健步如飞这一点，兵太感到很是不可思议。他暗想，大不了明天早上再逮她吧。反正她就在这附近也跑不了，逮她应该轻而易举。

兵太又返回了哨所。

"喂！"刚才的武士又照例盘查。

"是我。"

"哦，怎么了？"武士问道。

"她跑了。"

"那女人究竟是你什么人？"

"我老婆。"

"什么，你老婆？"武士像泄气的气球一样。

"有什么办法抓住她吗？"

"我怎么知道！快滚！"那人显然愤怒了。

兵太朝相反的方向走了两百多米，在卖食物的小棚子里填饱肚子，又打听了旅馆，附近根本没有，于是想找个可免遭露水之苦的地方睡觉。

"你去城南门那边吧。那里烧剩下一半，总比露宿荒郊野外的要强得多吧。"

既然饭馆老板好意提醒,兵太就朝那个方向走去。

很快到了城的南门。当他穿过半烧焦的门时,"痛死了!"脚边有人发出惨叫,"给我当心点!"

"多有得罪。"

有人在睡觉。再往前走五六步,"好痛!"又有人叫痛。

人们躺在各个角落。因为安土城刚被烧毁,很多人流离失所,所以这一带就成了流浪者和旅行者聚集之地。

兵太进了城门,往右拐,爬上一块貌似堤坝的高地,坐到一棵叫不上名字的大树底下。

他屁股一沾地,整日奔波的疲劳一齐涌上来。不远处可能早有人躺卧,鼾声四起。

兵太很快就睡着了。因为蚊子太多,他半夜醒了两次。相距三四米的地方,有人翻来覆去睡不着。不过兵太很快又进入梦乡。

第三次醒来时,已是凌晨,天空泛起鱼肚白。他发现堤坝上还睡着好几条汉子。

忽然,兵太吃了一惊,原来在相距两三个人的地方,弥弥悠然的睡姿映入眼帘。

弥弥两脚直直地伸展,以一种极为舒适的姿势仰卧着。那是一张毫无忧愁的睡脸。嘴巴半张开,使她看起来天真无邪，根本不像是跟很多男人睡过的女人的脸，反而透出幼儿般的纯洁。她半张开的嘴里流出恬静的睡意。

兵太伫立良久，俯视着弥弥的睡颜。这时，兵太被一种难以名状的感情占据了。这是他有生以来第一次产生这样的心情。这是一种莫名其妙的悲哀，让人无法忍受。

兵太跨过两三具熟睡男人的身体，走近弥弥躺卧的地方，驻足在那里，贪婪地俯视着弥弥的脸。

"弥弥！"兵太叫了一声，弥弥身体稍微动了一下，眼睛睁开一条缝。那双眼睛定定望着兵太，身子没动弹。

"啊！"她话音未落，就支起了上半身。

这次，兵太突然把手按在弥弥的肩膀上。

"终于抓住你了！"兵太说着，咧开嘴笑了。

弥弥抬头望着那张脸："哎呀，你笑了呢。"

"我没笑。"

"你说谎，你分明就是笑了。真稀罕啊，你竟然笑了。"

然后她又说："瞧，你又笑了。有什么好笑的啊？你竟然笑了……"

兵太露出笑脸这件难得一见的事让弥弥惊愕不已。

兵太也不知道自己是否在笑。只是，他对待弥弥的心情已与从前不同。

这位年轻漂亮的女子对大手荒之介痴心一片，也是无可

275

奈何的事。那我就退出吧，兵太心里这样想。

"你想见大手荒之介吗？"兵太问道。

"哼！"弥弥一脸不屑，冷冷地白了一眼兵太。

"你既然那么喜欢他，那我也帮你一起找吧。"

"找谁？"

"大手荒之介。"

"哼！"弥弥又嗤之以鼻。她的脸上似乎写着：我才不上你的当呢。

"不用你帮我找。你别骚扰我，还我自由，就是万幸了。"

兵太从弥弥的肩膀上抽开手："我给你自由。如果你不喜欢在我身边，想去哪里就去哪里。不过，不管发生什么事，你终归还是跟我一起方便一些吧。"

兵太想，如果弥弥非要逃跑的话，我也拦不住。如果可以的话，真希望她不要跑掉。

弥弥站起来，想走下堤坝。

"你去哪里？"

"我去洗脸。"

兵太坐在弥弥刚才睡过的草席上。过了一会儿，弥弥回来了。

"那边有口井。"

"哦。"兵太也站了起来，很听话地去洗脸。

他一回来，弥弥就说："那我去吃早饭喽。"

"去哪里吃？"

"喔。"她略微考虑了一下，"还是去哨所比较好。既有美味佳肴，还能帮我送来，简单省事。"

"我也能吃吗？"

"多一两个人也不要紧。"弥弥若无其事地说。

兵太和弥弥二人向昨晚的哨所走去。

虽然尚是清晨，但烧焦的土地上已经可以看到稀疏的人影。

他们来到哨所前面。"早上好！"弥弥打了招呼。虽说是哨所，也不过是临时搭建的小棚子。

两位武士从里面露出脸来。

"从今天开始，我们两个人就要给您添麻烦了。"弥弥说，"这是我爸爸。"

一个武士说："这不是昨晚那家伙吗？"

说完，他打量着兵太，对兵太说："哎哟，昨天还说她是你老婆！"

于是，弥弥从旁插话道："他不这么说的话，怕有生命危险。你们这些人老在这里巡逻。"

兵太觉得弥弥这女人简直有口吐莲花的本事。

277

弥弥忽然走近武士，依次轻轻拍打两个武士的脸颊：“这是奖励噢。我们要去对面，你们把饭端过来。以后都是双人份的，没问题吧？”

被拍打脸颊的武士，失魂落魄地怔在原地。由于弥弥的手触碰到了他们脸颊，他们都变得毫无招架之力。

有三间与哨所一样临时搭建的小屋。弥弥走进最靠边的那间小屋。

"这里是哨所不当值的武士们的宿舍。不过我把他们全赶走喽。我们暂时可以住在这里啦。"

说完，弥弥又说：“你也住这里吧，我可先跟你说好哦，你是我爸爸，知道吗？”仅在此时，她摆出一副严厉的面孔。

不久，耀眼的夏日升起来了。

兵太和弥弥走出哨所，从那里分头行动，一个往左，一个往右。分别的时候，弥弥说："听清楚了？每个人都要问喔！只要我知道你漏掉一个人的话，我就把你轰出去。"

"真啰嗦。我知道！"

"你不准嫌我啰嗦。从今天开始我就是你上司了，你什么都要听我的！"弥弥威胁他。

兵太想，我又做父亲，又做部下，可真忙啊。

从近江方向进入安土城的主干道只有一条，为了盘查路经此处的人，秀吉的部下在此设置了哨所。弥弥让这个哨所的武士们捎带调查大手荒之介。

除了这条街道以外,从沿湖岸的道路和山手道都能进入安土。弥弥负责山手道,兵太负责湖岸,分头向过路的每个人询问荒之介的消息。

兵太走了半里左右,来到湖岸的道路,坐在路边石子上。

这里几乎没有行人。只是偶尔有渔民和农民们经过而已。

"喂,哎,喂……"

听到兵太的声音,过路人吓得停住脚步。

"我问你一件事,你认识大手荒之介吗?"

"我不认识。"

"你听说过他吗?"

"没有。"

"好,走吧!"

既有人仓皇逃走,也有人惊讶地反复回首才离去。

这真是一项无聊透顶的工作。

琵琶湖微波荡漾,沐浴在夏日阳光下。这在兵太的眼里,俨然一幅与战国乱世绝缘的景象。

武田氏灭亡,本能寺之变发生,紧接着又是山崎之战。胜赖死了,信长死了,光秀也撒手人寰。不到半年的时间里，惊天动地的大事件接踵而来。今后局势风云变幻，难以预料。

没有敌人，也没有朋友。没有怨，也没有恨。不是没有，而是世道变化快，来不及去恨。

兵太一边想着这些，一边呆呆望着湖面。倒是有两样依然没变。一是他离开弥弥就活不下去，二是弥弥整个人都被大手荒之介迷得七荤八素。好像除了人们的内心以外，一切都在改变。

"喂，喂！"不时，兵太中断思绪，回过神来继续工作。

"你知道一个叫大手荒之介的武士吗？"

虽然这个差事令人尴尬，但为了弥弥他不得不做。

这是兵太在湖岸道路上把守的第五天。

兵太又把弥弥交给他的便当包裹挂在松枝上，坐在树底下，抱着胳膊执行无聊的任务。

"喂，喂！"他时不时叫住行人。没有行人的时候，他就一刻钟[1]、一刻半钟都抱着胳膊呆呆地望湖面。

为了弥弥去询问大手荒之介的消息。——虽然这份差事不划算，但是除此之外似乎没有其他可做的工作。

他想：早知今日，何必当初呢，我早该追随武田氏一起死去。正因为苟活于世，才造成了如今的悲惨境遇。如果我

---

[1]日本战国时代,一刻钟为半个小时。

身殉武田氏的话，就不会看到激荡变幻的末世景象，更不会对像弥弥这样的小姑娘燃起跨年恋。

没出息的东西！有时，兵太骂自己。

"喂，喂！"兵太掐断自己的想法，回到眼前的使命。

一个武士走过芦苇丛生的湖岸，正要从兵太面前经过。

"喂，喂！"

"什么？"那武士扭过脸来，桀骜不驯的样子。

"我有事问你。"

"你说！"

"你从哪里来？"

"从西边来的。"

"这我知道。你看上去不像是明智的人。你要去哪里？"

"我讨厌近江这个地方，想去东边儿。"

兵太想方设法延长盘问时间。如果轻易放他走的话，自己又要继续百无聊赖地瞪着湖面了。

"告诉我你原来侍奉谁。"

武士回答："我现在是浪迹天下的浪人。只要有人给我丰厚的俸禄，侍奉谁都行。你是疯子吗？"

可能他真的以为兵太是疯子吧，就头也不回地走了。

兵太被当成疯子也不足为奇。他脸上晒得黝黑，坐在挂着便当包裹的松树下。

"等一等，等一等。"他叫道。

但对方继续往前走。

兵太从地上爬了起来："我不耽误你工夫，只是跟你打听一件事。"这回他总算进入正题："你认识一个叫大手荒之介的武士吗？"

"什么？你再说一遍。"

"你认识一个叫大手荒之介的武士吗？"

"大手？"

对方若有所思，停下脚步，似乎在窥视兵太。

"大手荒之介怎么了？"武士说。

"我问你是否认识一个叫大手荒之介的年轻武士。"兵太回答。

"大手荒之介、大手荒之介，也是你随便叫的？我就是大手荒之介！"

"咦？"

年轻武士走近前来，在相距不到两米的地方站定。兵太望着他的脸，咆哮道："嚯！"

既然对方这么说，那就确定无疑了。那时，山中小屋灯光昏暗，打了个照面也没看清对方的脸。不过，兵太现在觉得肯定是这个家伙没错。

兵太后退一步，手按刀柄，迅速摆出进攻的招式。既然在此狭路相逢，他真想冲上去把对方砍翻在地。

然而，兵太拼命按捺住了这种冲动。

毕竟弥弥对这个男人一往情深，连命都能为他舍了。她那样恋慕他，要是能见到他，大概会开心到手舞足蹈的地步吧！

兵太目露凶光，心里冒出这两种念头，委决不下。即便我杀了他，弥弥也无从知晓吧。杀！杀！干脆从脑袋往下一劈两半！但是，弥弥会哭成泪人吧。

"罢了！"兵太沉吟着说。他嘴里没有喊出拔刀的喝声。这说明他心里暗自做出了选择。

"我会让你跟弥弥见面的，跟我来！"兵太说完就转过身，不管不顾地迈出脚步。

"弥弥？"荒之介说，"她在这附近吗？"

"在。在安土城下。她见到你肯定会很高兴。"

荒之介稍微放低声音说："她是很可爱。但是我不想见她。"

"不想见她？为什么？"

"无论怎样都不想见。请代我向她问好。"

"说什么混账话！弥弥每天都像疯了一样在打听你的消息。"

兵太一说，荒之介陡然露出厌烦的表情："也许是我对不住她。但是，我不想见到她。"

"你讨厌她？"

"说不上讨厌，但是我已经有喜欢的女子了。"

"有喜欢的女子？你怎么能这么说？别忘了是你夺走了弥弥的身心啊！"

"那时候我也没办法！"

"你说什么？"

"不是我主动的。是她主动的。"

"什么？"兵太两眼直勾勾的，凶神恶煞地逼近他。

下一瞬间，两人同时往后跳开。他们都用手拔出刀紧紧攥着。

兵太从未对任何一个人产生过如此强烈的憎恨。大手荒之介成了他不共戴天的仇敌，撕成八瓣儿也不解恨。

他觉得弥弥那么可爱，不得不强行压抑着自己的感情。可这个小伙子竟然辜负了她。

要是平时的话，兵太会发出吼声，盯着对方慢慢逼近。不过，现在的兵太一言不发，目光如炬。

"来吧！"荒之介大声喊道。

兵太把刀尖指着地面，一步一步地往前逼近。

"锵！"荒之介的刀闪过。

兵太和荒之介都蹿到了对方胸前，然后又同时往后跳。

就这样厮杀了几个回合。

兵太充满愤怒的太刀尖格外锋利。荒之介往后退一步，标志着激烈恶斗的开始。

兵太不顾一切地砍将过去，早已把性命置之度外。他现在只想把这个可恶对手一劈两半。为了情网深陷的弥弥，兵太恨不得再把荒之介大卸八块。

时而，兵太追赶着荒之介，两人脚下水珠飞溅。时而，荒之介又反过来追赶兵太。两人在水边追来赶去，活像两头愤怒的老虎。

当双方还原到最初的姿势，保持三四米间隔相对而立的时候，兵太才意识到对方绝非等闲之辈。在那之前，他一直忘我奋战，无暇思索。

当兵太想到这里，反而更勇猛起来。他想，我从年轻时候开始学习刀术，就是为了教训这样的对手。

"哇——！"兵太异样地叫了一声，使出全身力气撞了过去。水平抡出的刀尖一直延伸，刷地刺入荒之介的小腿。

兵太看到鲜血喷涌，染红了对方的衣服。

他第二次挥起大刀的时候，荒之介坐在地上，摆出居合拔刀的架势："来吧……"动作并没有一丝破绽。

兵太觉得一下子就能将对方身体劈成两半。不管怎么说，自己没有受伤是个有利条件。

兵太使出浑身解数，想把刀从对手的头上劈下去。此刻可谓是把这个可恶的敌人一劈为二的天赐良机。

忽然，一块石子嗖地飞到兵太面前，落到湖边水洼里。

第二块石子又飞过来了。

兵太觉得很奇怪，那个石子的降落方式绵软无力。

如果是虎虎生风掠过眼前的飞石，或许并不能引起兵太的注意。第三块石子落到脚下的时候，兵太忍不住回头看了看。

相隔七八米远的地方，一个女人站在那里，举起一只手，正要掷出第四块石子。

第四块石子在空中画出弧线，女人又弯腰从地上捡石子。她看起来弱不禁风。

在这期间，兵太好几次挥下了刀，不过每次被荒之介拨到旁边去了。

石子像没头苍蝇一样飞过来，有的落在兵太脚下，有的落在别处。

兵太好几次都砍偏了，可能他太在意石子，没法集中精力。

"蠢货！"兵太瞪着女人，打算先把碍事的女人赶走。

"不要杀他！"女人苦苦哀求，"请等一等！"

"什么？"

"求求您了。"

兵太撇下荒之介,朝女人的方向飞奔过去,一把抓住女人纤细的手腕。

"啊!"女人一声尖叫的同时,兵太也不禁发出"咦?"的声音。这个女人好像在哪里见过。

"您是?"女人手握石子怔在原地,"啊,在新府城!"

"哦,你是那个侍女?"

"是的。"

"你为什么要妨碍我?"

"我是他妻子。"

"妻子?"

"是的。求求您了。请您放过他吧。"

"我不能饶他。"

"要是这样的话,我宁愿替他受死。请您杀了我吧。请放了他。"

兵太充血的眼睛徐徐望向荒之介。

荒之介躺卧在那里,微微曲着右膝,身体其他部分笔直地伸展着。

在兵太的眼里,敌人毫不抵抗的姿态,恰如那蔚蓝宽阔的湖面一样,显得虚幻和不现实。

兵太一下子泄了气。如果荒之介还能站起来,兵太也许还会再砍将过去。可是，敌人倒地不起，身体蹬直，好像死了一般，他反倒不忍下手。

"求您啦。"女人恳求道。

"傻瓜！"

"求您啦！"

"不行！"兵太斥责着女人，可是渐渐感到自己的声音不再有底气，于是索性坐到地上。

当他回过神来，女子已经跑到荒之介那里去了。她趴在荒之介身上，不久又站了起来。或许是打算给荒之介用嘴含来湖水，离开荒之介，向湖岸跑去。

兵太站起来，提着刀，向荒之介走去。走近后，他俯视着荒之介的脸。

"来吧！"荒之介身子不动，只瞪大眼睛。

"来吧！"他只是嘴硬罢了。

此刻，兵太注视着无力的对手，第一次意识到自己胜利了。

他不知道自己为什么会赢，打斗中分明好几次身处险境。他一度想过：这下子完蛋了！

尽管如此，而今他以胜利者的姿态傲然屹立，俯瞰着无法动弹的对手。

"来吧！"荒之介嘴里还是重复着同样的话。

"你想死？"

"你索性砍了我啊！"

"刚才想砍，现在不想砍了。你这家伙真是运气好！"

或许是被"运气好"这个词刺激到了，"唔……"荒之介怒目圆睁，浑身颤抖。

这时千里走了过来："求您了。"

"我不会杀他的。"

说完，兵太突然想起从被焚烧的新府城中把女人救出去的酒部隼人。

"酒部隼人怎么样了？你知道吗？"兵太问道。

"他加入明智阵营，在山崎合战中受了伤，不幸离世了。"

"什么？死了？"

"是。"

"我和荒之介把他厚葬在了湖畔的寺庙里。"千里说。

"隼人不是喜欢你吗？"兵太问道。

千里没有回答。

虽然兵太无法想象千里和隼人是什么关系，但隐隐约约感觉隼人很可怜。

"隼人恨你吗？"兵太目不转睛地看着千里的眼睛。

"如果他恨我的话，我心里还好受一些，可是他根本不恨我。"

这个回答让兵太感到很真实,也震撼了兵太的心灵。

"去吧!"兵太忽地大喝一声。

"你们俩都快走!"

"我不能走!"荒之介严厉地说道。他眼中敌意还未消。

兵太再次瞥了一眼这个不知怯懦为何物的年轻武士。他即使身体不能动弹,却还是斗志昂扬。说不定这就是吸引弥弥和眼前这个女人的地方。真是可恶的家伙!可是,他已经不想杀他了。

"去吧!"

"我怎么能走?"

"什么意思?"

"我动弹不了。"

"那关我什么事?"兵太决定自己先行离开。

"你给他包扎一下。伤口不深。"兵太对女人说。

实际上,荒之介没有受致命伤,仅仅受了多处皮外伤而已。年纪轻轻的,养上十来日也就恢复如初了。

兵太在湖水里洗干净了手,整理好衣服,看也不看那对男女,扭头走了。

他进入城下,返回哨所,没有发现弥弥的踪影。她大概还守在山手边的道路上。

兵太坐在檐廊上，许久一动不动。他手脚关节很痛。今天大概是出娘胎以来最激烈的一次厮杀了。

兵太长时间保持着同一姿势。夏日的黄昏悄悄来临了。

"弥弥爸爸，我把饭放在这儿了。"厨房的武士把两个小锅放在入口处。

兵太没有回答。在这里，他成了弥弥的父亲。

又过了一会儿，"哎呀，你回来了啊?"弥弥出现了。

"你今天好早哇。"

"那种路，到了这个时辰都没人经过了。"兵太不知不觉结巴起来。

"明天开始，请守到更晚一点噢。"

"嗯。"

"路过的净是些没用的家伙！可不能松劲儿！"

兵太觉得弥弥异常可怜。

在那之后过了几天，兵太和弥弥经过伊那谷往信浓方向走。

安土城下，新部队陆续进驻，哨所被拆除，兵太和弥弥也就不能在那里混吃混喝了。

"那么，以后在哪里安身呢?"

兵太的去处还没有决定。他只知道可以取道信浓，回到自己老家甲斐。不过，此后的事就完全没有指望了。

弥弥漠不关心，无精打采，听凭兵太去决定这些事情。

一旦放弃与大手荒之介见面的念头，她便觉得这个世界上再没有一件开心的事。

"如果他没有战死的话，你们还是有机会见面的吧。你别郁闷了。"兵太经常安慰弥弥。

弥弥默不作声。

"他活着的话就能见到！"兵太又说。

"他还活着吗？"弥弥说。

"他还活着，一定活着呢。"兵太说。

然后又不忘给她提个醒："即便活着，如果他已经勾搭上别的女人的话，你可得死了这条心。"

"其他女人？那怎么可能？"弥弥愤愤地说。

"当然，当然不会。"

"肯定不会！"

这时，兵太忍不住长叹一声。

看来，短时间内弥弥很难从心中抹掉荒之介的影子。兵太也无能为力，爱莫能助。可怜的弥弥！

一日，他们沿着天龙川逆流而上。

傍晚，兵太和弥弥在大路上走着，突然从悬崖的斜坡蹿上来十几个男人。他们手里都拿着刀或竹枪。

兵太一开始以为是野武士或者山贼，但其实两者都不是。他们是农民，是为了反抗武田氏死后的统治者川尻秀隆，前去支援埋伏在高远城的部队。

兵太想起了早被自己抛诸脑后的神户伊织。伊织就是在高远城。

想起伊织，兵太顿时觉得周围的世界变得光明灿烂。

对，去高远城吧。在那里，在伊织身边，为家乡甲斐的百姓们战斗吧！

兵太停下脚步，对弥弥说："我已经决定了要去的地方。"安静的语调，泰然的神情。

"你去哪里？"弥弥问。

"高远城。"兵太说。

"我也跟你走。"

"又要有合战了。"

"合战也没关系。不看见打仗的，心里没着没落的。"

"你想来就来吧。"兵太说。

弥弥还需要很长一段时间才能忘掉荒之介的音容笑貌。在那之前，兵太也想尽量多陪陪她。

之后兵太加快脚步赶路。途中，各个溪谷间村落都有武装农民跑到悬崖中腹的道路上来。他们都是要去投靠高远叛军的。

如果不趁此天下混乱时期，推翻残暴的执政者，以后就不知是否还有此机会。这一点，山间的百姓们似乎都有了觉悟。无论是在兵太身前，还是在他背后，这样的农民部队连绵不绝。

那天傍晚时分，匆忙赶往高远的农兵已近百人。

大家不约而同地睡在山坡上。

兵太和弥弥并排躺着。白天骄阳似火，可是一到晚上就冷气袭人。

"好冷哇！"弥弥说。

"冷吗？"兵太想抱着她给她取暖，可又怕弄巧成拙，把她给吓跑了，便不敢贸然伸手。

"好冷啊，你搂着我吧。"

"真的可以吗？"

弥弥沉默不语。

"你不会逃跑吗？"

"不会的。"她的话听起来有些气恼。

兵太战战兢兢地握住弥弥的手。她的手冰凉冰凉。

"那个……你觉得那人死了吗？还是活着？"

兵太吓了一跳。

"喔。"

"我想他肯定死了。即便活着，他对我的心也已经死了。"

"为什么?"

"我就是有这种感觉。"

"哦。"兵太含糊其词,紧紧攥住弥弥的手。弥弥身子靠了过来。

弥弥把头埋到兵太胸前,低声啜泣,一时半会没有停下来的意思。

兵太咕咚咽了一口唾沫,想到了明天又要开始的合战。不过,这场合战与迄今为止他参加过的都迥然不同。这是他一生中头一次赶上的、有明确意义、有价值的战斗。

"你怎么就死了,傻瓜!"兵太怀着一种呵护之情,回想起了酒部隼人。隼人注定一辈子不走运。与其这么说,倒不如说一辈子都不知道什么叫幸运。他那样年轻有本事的武士,下场却如此凄惨。

兵太把脸转向夜空。瞬间,一颗流星划过。又有一颗流星。他虽然很想让弥弥看看美丽的流星,但弥弥的抽泣声还在持续着。虫声包围着广袤的原野,兵太想,就像虫子聚集一样,弥弥也会跟虫子一起聚集在自己身旁。

译后记

今年7月,我陪同日本青年学者代表团到访甘肃省。虽然未能到达井上靖先生所描绘的敦煌、楼兰等地,但是,站在嘉峪关城楼,眺望关外的广袤原野,联想其小说中的西域景象,不禁浮想联翩,心潮澎湃。

井上靖在日本影响深远。一位来自日本爱媛县的年轻女孩跟我说,她祖父喜欢井上靖,以至于给她父亲命名为"靖"。井上靖所获奖项不胜枚举,芥川龙之介奖、日本艺术院奖、野间文学奖、每日艺术大奖、读卖文学奖、日本文学大奖等尽入囊中,可谓"拿奖拿到手软"。

井上靖小说题材丰富多彩,既有《天平之甍》、《苍狼》等中国历史题材的小说,也有《斗牛》、《冰壁》等以日本现代社会为背景的小说以及《战国城砦群》①、《真田军记》等以日本历史为背景的小说。国内的研究者往往对其中国题材的作品给予高度关注,却相对漠视其他题材的作品。从这个意义上讲,

---

① 书名里的"城"是指防止敌人袭击的军事设施。"砦(汉语中读音为zhai)",则是指在本城外面的要害位置所建造的小规模的城。

重庆出版集团的系列译著有利于推动我国学界对井上靖作品更全面更深入的理解和研究。

《战国城砦群》自1954年9月24日起，1955年3月7日止，在《日本经济新闻》夕刊连载。在日本它可以被归为"时代小说"。所谓时代小说，是相对于"历史小说"来说的。总体来讲，历史小说是忠实地尊重历史事实而写出来的故事，时代小说则是以历史为舞台，创造出架空的人物，依靠自由奔放的空想展开脉络的小说[1]。尽管此种日本式区分法屡屡被外国学者质疑，不过，井上靖在创作时似乎有意识做了区分。例如，《风涛》和《俄罗斯国醉梦谭》可视为历史小说，《战国城砦群》、《风林火山》、《战国无赖》则可视为时代小说。值得一提的是，即便在时代小说里，井上靖依然竭力使时间设定忠于史实，周到缜密。

《战国城砦群》的时间设定是从天正十（1582）年3月武田胜赖在天目山自尽开始，至同年6月山崎合战为止。短短三个月的时间，却发生了武田家灭亡、本能寺之变中织田信长被杀、明智光秀崛起又迅速倒台、羽柴秀吉（丰臣秀吉）抬头等一系列大事。在极度浓缩的时间设定里，故事里的小人物——分属武田、织田、明智的武士们的命运也跌宕起伏，大起大落。有"霸道总裁"之感的织田家旗本大手荒之介、一生痴情

[1] 此处引用文春文库1990年第8次印刷《战国城砦群》后记里文艺评论家福田宏年的说法。

却结局悲惨的原武田家武士酒部隼人、勇猛痴情的络腮胡子武士藤堂兵太、富有洞察力的睿智老者神户伊织、野性直率的女子弥弥、外表端庄内心"闷骚"的侍女千里等等,形象鲜明,性格跃然纸上。

小说采用双主线结构,"花开两朵,各表一枝"。一是酒部隼人与千里的恋情,二是藤堂兵太与弥弥之间的感情,两条线索交替展开。与此同时,大手荒之介有如乱入的音符,左冲右突,串连着两条主线,他与两位女性的感情纠葛贯穿始终,使情节摇曳多姿。有日本网友甚至由隼人、荒之介、千里的三角恋想到了《源氏物语》中薰君、匂宫、浮舟之间的错综复杂的感情。两者有同有异,个中滋味,读者可在欣赏作品时仔细品味。

小说笔触细腻,惊喜连连。意想不到的情节展开不光体现在如过山车般骤然起伏的人物命运上,也体现在不少细微之处。例如,小说刚开头,络腮胡子武士俨然成了逃亡武士的统帅。但是,第三日清晨,他在釜无川上游的河床上醒来后,却发现空无一人。在他以为所有人都已逃跑的时候,忽闻一阵鼾声传来。这样出人意料的细节随处可见。我在翻译时尽最大限度保留了井上靖小说中这种生动有趣的风格。

武士的刻板印象也似乎受到挑战。在武田家灭亡之后,隼人非但不去殉死,反而明确表态:"我才不去送死呢。我讨厌死亡。"当他摇身一变成为明智家武士,带着特殊任务,返回原主君武田家旧时所在的甲斐时,他的内心独白是:"为了生存并出人头地，这也是无可奈何的事。"兵太本想为武田家殉死而赶赴新府城，却邂逅野性女子弥弥，苟活于世。这似乎与新渡户稻造的英文著书《武士道——日本人的精神》中所阐述的武士道精神大相径庭。新渡户稻造对武士道进行了总结和升华，把忠诚于主君并为之奉献生命当成武士的一个重要精神特质。但是小说颠覆了我们脑海中脸谱化的武士形象，从人性的角度塑造出有血有肉的武士角色。

"月亮"是该小说的一个重要隐喻，反复出现达二十余次。该隐喻主要有三种作用。第一，月色是逃跑情节的助推器。无论是兵太和隼人被敌兵追赶落荒而逃，还是荒之介与弥弥过夜后被兵太撞破而逃跑，都发生在皎洁的月光里。第二，月色是爱情的催化剂。荒之介在月色如银的旷野首次见到千里，一见倾心。同样也是在月色中，他在院子里找到被缚的弥弥，意外发现她的魅力，觉得她也许是唯一不是夜叉的女人，与之共度良宵。第三，月亮如镜面一般促使主人公审视自我，重新认识自我。当千里冲动地跑去寺院打听荒之介的消息时，月色冷冷照映下的寺院住持，反衬出她内心的火热。还有，当千里在寺院意外见到隼人却转身逃跑后，照在山白竹叶子上的月光，使她惊觉自己对荒之介情根深种。凡此种种，月亮的巧妙运用成为该小说的另一特征。

这本书的翻译过程比较艰苦，历时九个月，痛苦并快乐着。我在北京早晚高峰的拥挤地铁里，如着了魔一般，爱不释手地逐字研读。翻译过程中也曾几易其稿。我怕自己翻译得过于日本味，找了身边非日语专业的好友试读并提意见。译著付梓，便会觉得千辛万苦都是值得的。此次与井上靖先生作品的近距离接触，可以说圆了我一个梦，自小就怀揣的五彩斑斓的文学梦。正如小说中主人公在乱世的瞬息万变中，仍固执持守内心的感情一般，生活在现代社会的我们面对周遭的浮躁和命运的起伏，亦不应忘记内心的那份坚守，那份美好。这也是这本小说的动人之处。

非常感谢张建立研究员在我确定翻译文风之初给予了宝贵的指导意见。感谢住友财团"亚洲各国日本相关研究助成"项目对我做日本战国时代相关的研究给予的资助，让我有机会更深入地了解这段扣人心弦的历史。感谢我初中和高中时代的同窗于治涛、对日本文化很感兴趣的北京青年陈曲，为我认真试读部分章节并坦率地提出修改意见。感谢彭晓丽、王海龙等好友也为我试读并给予肯定。

最后，非常感谢编辑许宁在整个翻译过程中给予的及时反馈和宝贵意见。感谢编辑魏雯在策划这套井上靖先生丛书过程中所倾注的心血。期待今后能继续合作，推出更多好的翻译作品以飨读者。

张梅
己亥年于北京栗林山庄

附录　井上靖年谱

1907年（明治四十年）
5月6日，出生于北海道上川郡旭川町，父亲井上隼雄，母亲八重，井上靖为二人的长子。
祖父井上洁。井上家是伊豆汤岛的医生世家。母亲八重是家中的长女。父亲隼雄为井上家赘婿。

1908年（明治四十一年）　1岁
父亲井上隼雄出征前往韩国，井上靖同母亲搬至伊豆汤岛。

1909年（明治四十二年）　2岁
因父亲调动工作，迁居至静冈市。

1910年（明治四十三年）　3岁
9月，妹妹出生，和母亲一起搬至汤岛。

1912年（明治四十五年） 5岁
父母离开汤岛,将井上靖交由其户籍上的祖母加乃抚养。加乃是已故的祖父井上洁的小妾,此时已入籍井上家,在法律上是井上靖的祖母,平时独居于仓库中。井上靖与加乃的感情十分深厚。

1914年（大正三年） 7岁
4月,入读汤岛寻常高等小学。

1915年（大正四年） 8岁
9月,曾祖母阿弘去世。

1920年（大正九年） 13岁
1月,祖母加乃去世。2月,来到父亲的任地浜松,和父母一起生活。转学至浜松寻常高等小学。4月,入读浜松师范附属小学高等科。

1921年（大正十年） 14岁
4月,以第一名的成绩考入静冈县立浜松中学,担任班长。同年,父亲前往中国东北工作。

1922年（大正十一年） 15岁
3月,因为父亲被内定为台湾卫戍医院院长,因此寄居于三岛町的姨妈家中。4月,转学至静冈县立沼津中学。

1924年（大正十三年） 17岁
4月,因家人全都去了台湾的父亲身边,所以被托付给三岛的亲戚照顾。夏天,旅行去台北看望父母亲。此时,受老师和友人的影响,开始对诗歌、小说等产生兴趣。

1925年(大正十四年) 18岁
学校发生了学生闹事事件,被认为是带头闹事者之一,被强制搬入了附近的农家,处于老师的监视之下。

1926年(大正十五年·昭和元年) 19岁
2月,在沼津中学《学友会会报》上发表短歌《湿衣》九首。3月,从沼津中学毕业。前往台北的家人身边,但因父亲调任,又搬家至金泽,为高中入学考试做准备。

1927年(昭和二年) 20岁
4月,入读金泽第四高中理科甲类。加入柔道部。同年,征兵检查甲种合格。

1928年(昭和三年) 21岁
5月,应召加入静冈第三四联队,但因为在柔道活动中肋骨骨折,退伍回家。7月,参加在京都举行的柔道高中校际比赛,进入半决赛。8月,拜访住在京都的远亲足立文太郎,初见其长女足立文。从这一时期开始创作诗歌。

1929年(昭和四年) 22岁
2月,在诗歌杂志《日本海诗人》上发表《冬天来临之日》。此后,到1930年年底为止,一直在该杂志上发表诗歌。4月,担任柔道部的队长,但不久便退出了柔道部。5月,加入由福田正夫主办的诗歌杂志《焰》,到1933年5月左右为止,一直在该杂志上发表诗歌。同时还活跃于《高冈新报》、《宣言》(内野健儿主办的无产阶级诗歌杂志)、《北冠》等刊物上。

1930年（昭和五年） 23岁
3月,从四高毕业。4月,入读九州帝国大学法文学部英文科,搬至福冈,但是不久就对大学生活失去了兴趣,前往东京,醉心于文学。从9月开始,放弃使用笔名井上泰,改为自己的本名。10月,从九州帝国大学退学。12月,在弘前,与白户郁之助等人一起创刊同人杂志《文学abc》。

1931年（昭和六年） 24岁
3月,父亲在军医监(少将)的职位上退休,在金泽住了一段时间之后,退隐于伊豆汤岛。

1932年（昭和七年） 25岁
1月,杂志《新青年》上征集平林初之辅的未完遗作——侦探小说《谜一般的女人》的续集,以冬木荒之介的笔名参加征集并入选。此后,不断参加《侦探趣味》《SUNDAY每日》等主办的有奖小说征集活动并入选。2月,应召入伍,半个月后退伍。4月,入读京都帝国大学文学部哲学科,但是基本不去听课。从同年夏天开始,诗风发生改变,从分行诗转向散文诗。

1933年（昭和八年） 26岁
9月,以泽木信乃为笔名,小说《三原山晴夫》参加《SUNDAY每日》的"大众文艺"征集活动,被选为优秀作品。11月,《三原山晴夫》被大阪的剧团"享乐列车"改编成剧目并上演。

1934年（昭和九年） 27岁
3月,以泽木信乃为笔名,参与《SUNDAY每日》的"大众文艺"征集活动,小说《初恋物语》当选。4月,以大学在读的身份加入新成立的电影社脚本部,往返于京都和东京之间。

1935年（昭和十年） 28岁
6月,在《新剧坛》创刊号上发表首部戏曲创作《明治之月》。8月,与友人创刊诗歌杂志《圣餐》。10月,以本名参加《SUNDAY每日》的"大众文艺"征集活动,侦探小说《红庄的恶魔们》当选。《明治之月》在新桥舞剧场上演。11月,与足立文结婚。

1936年（昭和十一年） 29岁
3月,从京都帝国大学哲学科毕业。7月,参加《SUNDAY每日》的"长篇大众文艺"征集活动,《流转》当选为历史小说第一名,并获第一届千叶龟雄奖。以此获奖为契机,8月就职于每日新闻大阪总部。在《SUNDAY每日》编辑部工作。10月,长女儿世出生。

1937年（昭和十二年） 30岁
6月,成为学艺部直属职员。9月,应召为中日战争候补人员。《流转》被松竹公司拍成电影。被编入名古屋第三师团派往中国北部,11月,患上脚气病,被送进野战预备医院。

1938年（昭和十三年） 31岁
3月,因病提前退伍。4月,回到每日新闻大阪总部学艺部工作。负责宗教栏目。10月,次女加代出生,但不久就夭折了。

1939年（昭和十四年） 32岁
除宗教栏目外,开始同时负责美术栏目。专注于对佛典、佛教美术等相关内容的取材。

1940年（昭和十五年） 33岁
与安西东卫、竹中郁、小野十三郎、伊东静雄、杉山平一等诗人交往。9月,因职务调整,转至文化部工作。12月,长子修一出生。

1942年（昭和十七年） 35岁
在出版社工作的同时,还在京都帝国大学研究生院进行研究活动。

1943年（昭和十八年） 36岁
1月,《大阪每日新闻》与《东京日日新闻》合并,成立《每日新闻》。4月,与浦上五六合著的《现代先觉者传》发行,所用笔名为浦井靖六。10月,次子卓也出生。

1945年（昭和二十年） 38岁
1月,成为每日新闻社参事。因为学艺栏被裁掉,4月,调动到社会部工作。岳父足立文太郎去世。5月,三女佳子出生。6月,家人被疏散到鸟取县。每天从大阪茨木出发去上班。8月15日,撰写终战文章《听完玉音广播之后》。12月,将家人托付给妻子娘家足立家照顾。

1946年（昭和二十一年） 39岁
1月,就任大阪总社文化部副部长。再次开始诗歌创作。

1947年（昭和二十二年） 40岁
以井上承也为笔名,参加《人间》第一届新人小说征集活动,9月,小说《斗牛》在当选作品空缺的情况下,入选优秀作品。4月,兼任大阪总社评论员。8月,家人迁居至汤岛。

1948年（昭和二十三年） 41岁
1月,完成小说《猎枪》的创作,参加了《人间》第二届新人小说征集活动,但没有入选。2月,协助竹中郁等人创刊诗歌童话杂志《麒麟》,负责挑选诗歌。4月,任东京总社出版局书籍部副部长,独自一人前往东京,暂居于葛饰区奥户新町妙法寺。

1949年（昭和二十四年） 42岁
10月、12月,接连在《文学界》上发表《猎枪》《斗牛》。

1950年（昭和二十五年） 43岁
2月,《斗牛》获第22届芥川文学奖。3月,就任东京总社出版局代理负责人,专注于创作。4月,在《新潮》上发表短篇小说《漆胡樽》。5月开始在《夕刊新大阪》上连载第一部报刊小说《那个人的名字无法说出》。7月,长篇小说《黯潮》开始在《文艺春秋》上连载。8月,《井上靖诗抄》发表于《日本未来派》。

1951年（昭和二十六年） 44岁
1月,开始在《新潮》上连载长篇小说《白牙》(至5月)。5月,从每日新闻社辞职,成为社友。专心从事文学创作。8月,开始在《SUNDAY每日》上连载《战国无赖》,在《文艺春秋》上发表《玉碗记》。10月,在《新潮》上发表《某伪作家的一生》。

1952年（昭和二十七年） 45岁
1月,开始在《妇人画报》上连载《青衣人》(至同年12月),7月,开始在《新潮》上连载《黑暗平原》。

1953年（昭和二十八年） 46岁
1月,开始在《ALL读物》上连载《罗汉柏物语》,5月,开始在《周刊朝日》上连载《昨天和明天之间》。7月,在《群像》上发表《异域之人》。10月,开始在《小说新潮》上连载《风林火山》。12月,在《别册文艺春秋》上发表《古德鲁先生的手套》。

1954年（昭和二十九年） 47岁
3月,开始在《朝日新闻》上连载《明日将至之人》,在《群像》上发表《信松尼记》,在《中央公论》上发表《僧行贺之泪》。

1955年（昭和三十年） 48岁
1月,在《文艺春秋》上发表《弃媪》。从昭和29年度下半期(第32届)开始担任芥川奖的选考委员。8月,开始在《别册文艺春秋》上连载《淀殿日记》(后改名为《淀君日记》),开始在《小说新潮》上连载《真田军记》。9月,开始在《每日新闻》上连载《涨潮》。10月,由新潮社出版新著长篇小说《黑蝶》。

1956年（昭和三十一年） 49岁
1月,开始在《新潮》上连载长篇小说《射程》,11月,开始在《朝日新闻》上连载《冰壁》。

1957年（昭和三十二年） 50岁
3月,开始在《中央公论》上连载《天平之甍》。10月,开始在《周刊读卖》上连载《海峡》。正在连载的《冰壁》引起了社会热议,成为畅销书。10月末,开始了首次中国之旅,为期近一个月时间。

1958年（昭和三十三年） 51岁
2月,凭借《天平之甍》获艺术选奖文部大臣奖。3月,在《中央公论》上发表《满月》。5月,在《世界》上发表《幽鬼》。7月,在《文艺春秋》上发表《楼兰》。10月,在《群像》上发表《平蜘蛛釜》。

1959年（昭和三十四年） 52岁
1月,开始在《群像》上连载《敦煌》。2月,凭借《冰壁》等作品获日本艺术院奖。5月,父亲井上隼雄去世。7月,在《声》上发表《洪水》。10月,开始在《文艺春秋》上连载《苍狼》,在《朝日新闻》上连载《漩涡》。

1960年（昭和三十五年） 53岁
1月,开始在《主妇之友》上连载《雪虫》。7月,受每日新闻社派遣前往罗马奥运会采风,周游欧美各国,11月末回国。《敦煌》《楼兰》获每日艺术大奖。

1961年（昭和三十六年） 54岁
1月,与大冈升平就《苍狼》产生论争。在《东京新闻》晚报等连载《悬崖》。6月末开始进行为期约半个月的访华。10月开始在《周刊朝日》上连载《忧愁平野》。12月,《淀君日记》获野间文艺奖。

1962年（昭和三十七年） 55岁
7月,开始在《每日新闻》上连载《城砦》。

1963年（昭和三十八年） 56岁
2月，开始在《妇人公论》上连载《杨贵妃传》，在《ALL读物》上发表《明妃曲》。4月，为创作《风涛》，前往韩国进行为期约一周的采风。6月，在《文艺》上发表《宦者中行说》。8月，开始在《群像》上连载《风涛》。9月末开始，进行为期约一个月的访华。

1964年（昭和三十九年） 57岁
1月，成为日本艺术院会员。2月，《风涛》获读卖文学奖。5月，为创作《海神》，前往美国进行为期约两个月的旅行采风。9月，开始在《产经新闻》上连载《夏草冬涛》。10月，开始在《展望》上连载《后白河院》。

1965年（昭和四十年） 58岁
5月，在苏联境内的中亚地区进行了为期约一个月的旅行。11月，开始在《朝日新闻》上连载《化石》。

1966年（昭和四十一年） 59岁
1月，分别开始在《文艺春秋》上连载《俄罗斯国醉梦谭》，在《世界》上连载《海神（第一部）》，在《太阳》上连载《西域之旅》。

1967年（昭和四十二年） 60岁
6月，开始在《每日新闻》晚报上连载《夜之声》。夏，受夏威夷大学邀请担任夏季研究班讲师，前往夏威夷旅行。诗集《运河》刊行。

1968年（昭和四十三年） 61岁
1月，开始在《SUNDAY每日》上连载《额田女王》。5月，前往苏联进行为期约一个半月的旅行,为《俄罗斯国醉梦谭》采风。10月,《西域物语》开始在《朝日新闻》周日版连载。12月,《北之海》开始在《东京新闻》等刊物连载。

1969年（昭和四十四年） 62岁
1月,分别开始在《世界》上连载《海神（第二部）》,在《太阳》上连载《西域纪行》。4月,就任日本文艺家协会理事长。《俄罗斯国醉梦谭》获新潮日本文学大奖。7月,在《海》上发表《圣者》。8月,在《群像》上发表《月之光》。

1970年（昭和四十五年） 63岁
1月,开始在《日本经济新闻》上连载《榉木》。9月,开始在《读卖新闻》上连载《方形船》。

1971年（昭和四十六年） 64岁
1月,开始在《文艺春秋》上连载美术游记《与美丽邂逅》。3月,前往美国进行约两周的旅行,为《海神》采风。5月,开始在《朝日新闻》上连载《星与祭》。诗集《季节》刊行。

1972年（昭和四十七年） 65岁
9月,开始在《每日新闻》晚报上连载《年幼时光》。由每日新闻社主办的"井上靖文学展"举行。10月,开始在《世界》上连载《海神（第三部）》。新潮社版《井上靖小说全集》(共32卷)开始出版发行。

1973年（昭和四十八年） 66岁
5月,前往阿富汗、伊朗等地进行为期约一个月的旅行。11月,母亲八重去世。沼津骏河平开设井上文学馆。

1974年（昭和四十九年） 67岁
1月，开始在《文艺春秋》上连载游记《亚历山大之道》。开始在《每日新闻》周日版上连载随笔《一期一会》。9月末开始为期约两周的访华。

1975年（昭和五十年） 68岁
5月，作为访华作家代表团团长，在中国进行了为期约20天的旅行。

1976年（昭和五十一年） 69岁
2月，前往欧洲进行为期约一周的旅行。6月，前往韩国进行为期约10天的旅行。11月，获文化勋章。进行为期约两周的访华。诗集《远征路》刊行。

1977年（昭和五十二年） 70岁
3月，用约10天的时间历访埃及、伊拉克等地。8月，进行为期约20天的访华，前往新疆维吾尔自治区。11月，开始在《每日新闻》上连载《流沙》。

1978年（昭和五十三年） 71岁
1月，开始在《文艺春秋》上连载《我的西域纪行》。5月至6月间访华，首次到访敦煌。

1979年（昭和五十四年） 72岁
3月，每日新闻社主办的"敦煌——壁画艺术与井上靖的诗情展"在大丸东京店等地举行。从夏到秋，跟随电影《天平之甍》摄影组、NHK丝绸之路采访组等多次前往中国、西域等地旅行。

1980年（昭和五十五年） 73岁
3月,和平山郁夫一起参观印度尼西亚婆罗浮屠遗址。4月末开始,和NHK丝绸之路采访组一起行走于西域各地。6月,任日中文化交流协会会长。8月,访华。10月,和NHK丝绸之路采访组一起获菊池宽奖。获佛教传道文化奖。

1981年（昭和五十六年） 74岁
1月,开始在《群像》上连载《本觉坊遗文》。4月,开始在《太阳》上连载随笔《站在河岸边》。5月,任日本笔会会长。9月末,在夫人的陪伴下前往中国旅行,为创作《孔子》采风。10月,就任日本近代文学馆名誉馆长。获放送文化奖。

1982年（昭和五十七年） 75岁
5月,《本觉坊遗文》获新潮日本文学大奖。同月末、11月末、12月末到次年初,三次前往中国旅行。出席巴黎日法文化会议。

1983年（昭和五十八年） 76岁
6月(两次)和12月访华。

1984年（昭和五十九年） 77岁
1月至5月,由每日新闻社主办的展览"与美丽邂逅 井上靖 无法忘却的艺术家们"在横滨高岛屋等地举行。5月,作为运营委员长主持国际笔会东京大会。11月,访华。

1985年（昭和六十年） 78岁

1月，获朝日奖。6月，在夫人的陪伴下，和《俄罗斯国醉梦谭》摄影组一起访问苏联。10月，访华。

1986年（昭和六十一年） 79岁

4月，访华，被授予北京大学名誉博士称号。9月，因食道癌在国立癌症中心住院，接受手术治疗。

1987年（昭和六十二年） 80岁

5月，在夫人的陪伴下前往法国，并游历欧洲各地。6月，开始在《新潮》上连载最后的长篇小说《孔子》。10月，访华。

1988年（昭和六十三年） 81岁

5月，前往中国进行为期10天的旅行，访问孔子的家乡曲阜，为创作《孔子》采风。这是他第27次中国之行，也是最后一次。诗集《旁观者》刊行。

1989年（昭和六十四年·平成元年） 82岁

12月，《孔子》获野间文艺奖。

1991年（平成三年）

1月29日，在国立癌症中心去世。2月20日，在青山斋场举行葬礼，戒名：峰云院文华法德日靖居士。